きょうも芸の夢をみる

ファビアン

ヨシモトブックス

きょうも芸の夢をみる

きょうも芸の夢をみる

目次

禁断のコント

ついに「禁断のコント」の台本を手に入れたぞ。販売サイトを毎日チェックしていて良かった。一年以上売り切れが続き、やっと入荷したのだ。まさかそれをお笑い養成所に入学する直前に手に入れることができるなんて、僕はツいている。

「禁断のコント」は爆笑間違いなし。そして何より一緒に演じる相方と簡単にイチャイチャできてしまう。演目中は何度もおっぱいに触れることができるし、クライマックスではなんとおっぱいに顔をうずめられるのだ。まさにおっぱいづくし。そしてそのままコントは終わる。

最高の二分間。

僕のようなスケベ男子にとっては夢のような時間だし、相方となる女性も「コントだから仕方ない」と妙に納得してしまうらしい。

コントが終わっても魔法はまだ続く。どういうわけか、演じた男女は見事な化学反応を引き起こし、お互いに惚れ合い、カップルになるという。よくテレビに出ている芸人夫婦も「禁断のコント」がきっかけで結ばれたと噂で聞いたことがある。

ただカップル成立には条件がある。それは最後までセリフを間違ったり、噛んだりしないこと。そして本気で演じられるのは一度きり。成功しても失敗しても、頭の中からセリフも設定も全て消え、台本からは文字も消えてしまう。要は一言一句間違わずに覚えることと、ネタ合わせが大事ってことだ。


出会いは春、お笑い養成所の入所式だった。気がつくと、斜め前に座っていた女の子を目で追いかけるようになっていた。

きっかけは、おっぱい。

その子は見渡す限り一番可愛く、何より体がエロかった。胸の膨らみに、ボタンがはち切れんばかりのシャツ。会場がすりばち状のホールだったこともあり、僕は斜め後ろの席から巨乳が描く曲線をまじまじと見ていた。そんな状態では、お偉いさんの話も先輩芸人のありがたいアドバイスも耳に入るわけがない。僕の脳内は性欲に支配され、式の最後は股間を隠しながら会場をあとにしたことをしっかりと覚えている。

カリキュラムが始まると、幸運にもその子と同じクラスであることが判明した。香織という名前らしい。彼女は一人で養成所に入学していて、相方を探しているようだった。僕もクラスメイトの一員として、何度か言葉を交わした。フワフワしている彼女の喋り方は普通の人より少しテンポが遅く、性格はちょっと天然な感じもする。それがいざお笑いの話となると、話すスピードは上がり、熱を帯びる。めっちゃお笑いが好きなんだな。心の底から芸人に憧れて、この世界に入ってきたんだな。ごめんよ、香織ちゃん。君のピュアな夢とお笑いへの姿勢を、僕は下心なしに見ることはできないよ。

僕は毎日ドキドキしていた。きっかけはおっぱいだったけれど、二ヶ月も経つと完全に好きになってしまっていた。顔も性格も、普段のおっとりした感じも、お笑いについて喋るときの変貌ぶりも、おっぱいも、全てが好きだ。香織ちゃんと付き合いたい。この頃の僕はもうどうかしていて、お笑いへの情熱と香織ちゃんへの思いを天秤にかけると、香織ちゃんの方がはるかに重くなっていた。

夏に入っても香織ちゃんは誰ともコンビを組んでいなかった。だから彼女がどんなネタをするのか、僕はまだ知らない。

「お見合い」の授業が開催されると聞いたのは、そんな時だった。入学したものの、未だ相方が見つからなくて悩んでいる人をマッチングさせるためのものらしい。それはマズイ……。誰かと香織ちゃんが意気投合してしまっては、僕の出る幕はなくなってしまう。なんとしても阻止しなければならない。

お見合いの授業の前日、僕は勇気を出して香織ちゃんに話しかけた。

「あの、僕と、コンビを組んでくれませんか？」

「え？　ごめんなさい。あたし男女コンビは考えてなくて。世界観ある感じの女性コント師になりたくて、相方を探してるんです」

声まで可愛い。ますます好きになってしまう。

「君と僕がコンビを組むと、絶対うまくいくと思うんだ。勝算がある」

少し大きな声でそう言うと、香織ちゃんは怪訝そうにこっちを見た。僕はすかさずカバンから大量の台本を取り出し、香織ちゃんに手渡した。これは高校時代から作ってきた漫才やコントだ。それを二ヶ月かけてコツコツと、僕と香織ちゃん仕様に書き換えておいたのだ。面白さはわからないけれど、情熱は伝わるだろう。

「すごいすごいすごい！　すごいね！」

香織ちゃんの目つきが変わった。

「この漫才、二年前くらいに解散したジャンキーズさんに似てるけど、こっちの方が面白いと思う」

「コントもいいね。『ちょっと待った！』って式場に乱入してくるのが昔の彼氏じゃなくて、ウェディングプランナーなのは、新しいかも」

「ここの『東京タワーかよ』ってセリフ、後半で『スカイツリーかよ』って被せられそうだね」

香織ちゃんはマシンガンのように喋り続けた。僕は過去の台本のおかげで、なんとかコンビを組むことができた。とりあえず第一関門はクリアだ。ただ本当に情熱を持って伝えたいのは、僕の気持ちなんだけどな。


初めてのネタ合わせは公園で行った。さすがに最初から「禁断のコント」なんて不純なものを持ちかけるわけにはいかない。できるだけ普通のコントを、その中でもなるべく恋愛要素がないものをやらないと。カモフラージュ、カモフラージュ。いや下心を隠すからシモフラージュだ。

僕たちはたくさん練習をして、ネタ見せの授業に挑んだ。演じたコントは大喜利要素が満載の「赤鬼と青鬼」。

同期たちの笑い声は少しあったけれど、結果は散々だった。そりゃそうだ、男女で鬼のコントをやる必要がない。花田というネタ作りの先生にも「わざわざお前らがやることちゃうやろ」と言われた。

よしよし、いい感じだ。もっとこい。

僕はそれから、男女でやる必要のないネタを作り、練習し、ネタ見せを続けた。この間も香織ちゃんへの思いは募っていくばかり。何より毎日、顔を見られるのがたまらなく嬉しい。気がついたらジッと見とれてしまっていて、話しかけられて我に返る瞬間が何度もあった。

僕はいつまで耐えられるだろうか。

花田よ頼む、核心をついたダメ出しをくれ。

願いが叶ったのは、コンビを組んで二ヶ月が経過した頃だった。ついに「男女コンビであることをうまく生かした設定でネタを作れ」と言わせることに成功したのだ。このダメ出しを待っていた。

ようやく香織ちゃんに「禁断のコント」を提案できるぞ。イチャイチャコントに取り組むには、あまりにも自然な流れだ。

僕は帰り道、コンビニで「禁断のコント」の台本をコピーした。ヤバイ。演じることを想像するとドキドキが止まらない。その夜は緊張と性欲の渦に巻き込まれ、一睡もできなかった。

果たして香織ちゃんはうまく演じてくれるだろうか……。

翌日、ネタ合わせに行くと、まず口を開いたのは香織ちゃんだった。

「あのさ、うまくいってないじゃん。ネタ見せ」

「そ、そうかな。うん」

「それにいつもネタ作ってもらってて、悪いなって」

「いいよ、別に。コンビなんだから」

「だからね、今日はあたしがコント作ってきたの。面白いかわからないけど、読んでみて」

僕は台本を受け取り、一行目を見た瞬間、目を疑った。なんと香織ちゃんが渡してきたのは「禁断のコント」だったのだ。

「この前のダメ出しも踏まえて、ちょっとセクシーなクダリとか入れてみたよ。花田先生が言ってるの、こういうことだと思うの」

「あ、ああ……」

どう反応していいか、わからなかった。

たまたま、なのか？

そんなわけがない。

このコントの意味を知ってるのか？

台本を持ってるということは、知ってるのだろう。そうだとしたら……。

話が早いじゃないか！　もはや付き合えたも同然だよな？

「け、けっこう過激だけど大丈夫？」

「大丈夫よ、これぐらい。あ、でも、練習では胸に触れちゃダメ！」

「そ、そんなの、当たり前だし」

ドギマギしてわかりやすく反応してしまったから、僕がこのコントの意味を知っていることがバレたかもしれない。

「セリフが大事だから、しっかり練習しないとね」と、香織ちゃんは続けた。

知ってるよ、そんなこと。セリフを忘れたり、噛んだりしたら付き合えないんだろ？　香織ちゃん任せてくれ。もう完璧に頭に入ってるんだ。

僕たちはセリフ合わせを終えて、立ち稽古にうつった。実際動いてみると、もうヤバかった。胸に触れたくて、触れたくて仕方がない。しかし本番以外は触れることができない。頭も体もどうにかなりそうだ。

翌日のネタ合わせも、その翌日も、我慢し続けた。僕はまるで大好物のエサが目の前にあるのに、ずっと「待て」と言われている犬。早く早く早く「よし！」と言ってくれ。パンツどころか、ズボンまではち切れそうだ。初めてエロ本を見たときより、AVを見たときより、体育倉庫でセックスする先輩を覗いたときよりも興奮する日々。あああ、もう。おっぱいも香織ちゃんも大好きだ。

ついに本番当日がやってきた。もうすぐ胸に触れられる。そして授業が終わったら、香織ちゃんは僕の彼女だ。

僕たちは直前の練習を終え、教室に入った。次々と他のコンビが漫才やコントを披露する。しかし僕の頭には何ひとつ入ってこない。一応、みんなが笑っているときは、笑顔だけは作っておいたが、完全に上の空だった。

しだいに出番が近づいてくる。ああああ。大声を出したい。感情を解き放ちたい。おい僕の本能、あとちょっと、あとちょっとだけ我慢するんだ。そして香織ちゃん、もうすぐ僕は、君の望む男になれそうだ。

ん？

香織ちゃんの望む、男……？

ここ数日で一番冷静になった瞬間だった。

「禁断のコント」の台本を渡してきたということは、間違いなく僕のこと好きじゃないか。何もわざわざ人前でこのコントを披露しなくてもいいよな？　練習で、どこか人目につかないところで、本気で演じれば付き合えるはずだ。

いやいやいやいやいや。

そもそもコントを演じなくても、気持ちさえ伝えれば付き合えるじゃないか？　付き合えたら、おっぱいぐらい触れるだろう。くそ！　なんで早く気づかなかったんだ。無理に今、このコントをやる必要はない。それにずっと引っ掛かっていたけれど、香織ちゃんは一体どこでこの台本を手に入れたんだ？


僕は隣で体育座りをしている香織ちゃんに、小さな声で話しかけた。

「ねえ、やっぱり人前でこのコントするのは恥ずかしいし、緊張するよ。違うネタやろうよ。まだ見せてないのもあるし」

「え、もう本番じゃん。急に何？　ビビってんの？」

いつもより、香織ちゃんの語気が強い。

「いや、今日じゃなくてもいいかなって」

「思いっきり揉んでいいよ。絶対に爆笑をとらないと。同期になんて負けてらんない」

も、揉んでいいよだと……？

そんなにはっきりと言われたのは初めてだった。さっきまでの冷静な思考は瞬時にどこかへ飛んでいった。

揉んでやる。揉んでやる揉んでやる！「禁断のコント」なんだから爆笑は保証されている。

僕はおっぱいを揉むことだけに集中すればいい。

「ほな、次、ビーチサンダル」

花田が僕らのコンビ名を呼んだ。

いよいよだ。僕らは立ち上がり、定位置についた。

「よーい、スタート」の声と同時に、最初のボケで香織ちゃんのおっぱいを鷲掴みにした。

そして今までの欲望を解き放ち、揉んだ。

揉んだ、揉んだ、揉んだ。

やばい、すごく柔らかい。

これを欲望と呼んではいけない。これはもはや〝欲求〟だ。

僕にとって香織ちゃんとおっぱいは、食欲や睡眠欲と同じく、生命維持に必要なのだ。ああ、香織ちゃん、君が大好きだ。

僕らは最初の三十秒ですでに、クラス一番の爆笑をとっていた。二人とも完璧に台本を演じ、さらに笑いが渦巻いていく。

ありのままの自分が飛び出していて、理性など微塵も残ってないのに、セリフは恐ろしくスラスラ言えた。香織ちゃんとの息も完璧に合っていた。

いざ、クライマックス。

笑いすぎて腹を抱えるクラスメイトを横目に、僕は香織ちゃんの胸をめがけて思いっきり顔を押し込んだ。両耳はふさがっているのに、大爆笑の拍手喝采が聞こえる。

ラストは香織ちゃんのオチ台詞だ。

「もう、あなた、いい加減にしなさり」

噛んだ……。

最後の最後で香織ちゃんが噛んでしまった。

拍手の中、魔法が解けたように僕は冷静になった。

「おもろいやん、自分ら。テレビではできんけど」

花田はニヤリと笑ってそう言った。

机の下の彼の手は、おそらく膨らんでいるであろう股間を押さえていた。いちおう良い評価を得たので、授業が終わるまでは得意げな顔をしておいた。


帰り道、一人で駅までへたへた歩いた。

はあ……。付き合えなかったな……。

でもまあ、もう香織ちゃんの気持ちもわかっている。焦ることはない。明日のネタ合わせで気持ちを伝えよう。ちゃんと告白するんだ。

その時だった。一台の車が僕を追い抜いて行った。そしてすぐに止まり、バックでこちらに近づいてくる。なんだ？

車は僕の隣にぴったりと付き、窓が開く。助手席に乗っていたのは、なんと香織ちゃんだった。

「お疲れさま」

なんで車に乗っているんだろう。

「ごめんね、あたしの彼氏、自分の彼女がされているのを見たいフェチなの」

「は？」

運転席を見ると、花田が僕の方を向いてニヤついていた。

「たまらんかったわ、ガハハハ」

彼はそう言い、クラクションを鳴らして去っていった。

僕はその場で膝から崩れ落ちた。オチの台詞を噛んだのは僕と付き合わないようにするため、わざとだったのだ。おそらくコントの台本は、花田が香織ちゃんに渡したものなのだろう。僕は拍手を送りたいほど見事に利用されたのだ。そうとしか思えなかった。


僕はそれ以来、養成所へ行くことはなくなった。なんだか全ての情熱がなくなり、ただ部屋に引きこもっている。悔しい、悲しい、ハメられて腹が立つ。それらのどの感情もなく、ただ天井を見て過ごしている。

一ヶ月くらい無気力な生活を続け、久しぶりにテレビをつけると、若手芸人ばかりが出ているネタ番組で香織ちゃんが漫談をしていた。胸を強調したセクシーな衣装は、花田の好みかもしれない。僕は気がつくと爆笑を取る香織ちゃんを見ながら、自然と右手を動かしていた。なんでだよ。こんな時でも体は正直で笑ってしまう。

　血液が集まってくるのがわかる。ソファーの前、机に置かれたティッシュ箱に左手を突っ込む。

　やばい、ない。

　とっさに伸ばした手に掴んだのは、硬い紙だった。ええい、もう仕方がない。飛び散れ僕。僕の恋。僕の性春。僕の全て。漫談が終わると同時に、僕は果てた。文字の消えた「禁断のコント」の台本は少しも僕を吸収してくれなかった。

腸々
〜cho cho〜

これは、一度芸人を辞めた俺が、再び舞台に立つまでの軌跡だ。

俺の体の細胞のひとつひとつには、やはり笑いのＤＮＡが刻み込まれていた。十年間、曲がりなりにも必死で漫才を作ってきた証だろう。


芸人を辞めて会社員になった俺は、一年後、会議の途中で倒れた。

原因は腹痛。一過性のものだと思って我慢していたけれど、治まる気配はなかった。パソコンは手汗でべっちょり。「お手洗い行ってきます！」と立ち上がったところで、意識が遠のいたのを覚えている。

気がつくと救急車の中だった。搬送されて診察を受け、原因は胆石だとわかった。俺は会社員になっても、若手芸人時代の不摂生な生活を改善することができず、脂質や糖質を採りすぎていた。デスクワークが多く、芸人時代より動くことが少なくなったのに、コンビニ弁当やカップラーメンを食べ続けた結果だ。悪玉コレステロール過多。急性の生活習慣病みたいなものだ。体は正直である。

胆石は投薬で小さくなっても、消滅することはないらしい。そこで、人生初の手術を決断した。全身麻酔だったのでめちゃくちゃ怖かった。危険は少ないにしても、一瞬でも自分で自分をコントロールできなくなるのは、気分の良いもんじゃない。意識が回復し、天井のブツブツ穴が見えたとき、涙が出そうになった。死ぬような病気ではないけれど、生きていてよかった。

俺が書きたいのは、それからの日々だ。


入院中、さまざまな人のお世話になった。見舞いに来てくれた両親や今の会社の同僚たち。Ｔｗｉｔｔｅｒでリプライをくれた芸人時代の同期や先輩・後輩たち。そして何より、当時ファンになってくれた人たち。芸人を辞めてなお、支えられていることに感謝した。一瞬でもその世界に身を置いて良かったと思う。

中でもとくに驚いたのは、元相方の北川からのリプライがあったことだ。

〈@iso_hanihoheto　磯ちゃん！　久しぶり！　元気？　手術成功おめでとう！　磯ちゃんなら乗り越えられると思ったよ！　一息ついてこ～〉

あいつのアイコンは、エプロン姿になっていた。名前も「北川珈琲店」に変わっていて、プロフィールの欄にはコーヒーソムリエ・ドリップマスター・コーヒー大好き芸人など、俺の知らない肩書きがいくつも並んでいた。

ピン芸人としてなんとか仕事をもらおうと、もがいているのだろうか……。

あまりうまくいっているとは思えなかった。

俺はあいつに返す言葉が思い浮かばず、ただ「いいね」ボタンを押した。それだけでも勇気がいった。コンタクトをとったのは、マネージャーに「はにほへと」解散の報告に行ったとき以来だった。

北川からのリプライには、全てのリプライの中で最も多くの「いいね」がついていた。解散した二人が公の場で絡むのは、フォロワーも嬉しいようだった。

自分の意思はあまりなく、ネタは作らないのに、芸人を続けたい変な奴。自分を殺して俺を立たせてくれるいい奴。面白いことは言わないのに、なぜか先輩に好かれる奴。世界で一番俺のことが好きな奴。

あいつを形容する言葉はたくさんある。そのどれもが当てはまっている。

「もう、この世界で戦うのに疲れた」

それがあいつに告げた解散の理由だ。自分勝手だったと思う。

猛烈に反対された。

当時、俺は十年の芸人生活に嫌気がさしていた。劇場でめちゃくちゃウケた漫才でもオーディションで落ちる。漫才の賞レースでは決勝に行けない。「面白かったです」という言葉は嬉しいけれど、それじゃあ飯は食えない。それに、もっと面白い人はゴロゴロいる。

反対に、付け焼き刃で作ったミュージシャンのモノマネでオーディションに受かり、テレビに出たことがある。それがスタジオでハマり、年末の特別番組にも呼ばれた。俺がボーカルのモノマネをして、北川はギター役。あいつは奇抜なメイクをして、横で揺れているだけだった。

それでも北川は、テレビに出られたのが嬉しかったらしい。「見たよ」という地元からの声や、「良かったやん」という先輩からの言葉をわざわざ俺に伝えてきた。俺は当時、愛想よく返したと思うけれど、内心ざわついていた。頑張ってきたこと、やりたいこと、俺が届けたい笑いはこれじゃねえっていつも思っていた。

評価されたいものと、評価されるもの。やりたいことと、求められるもの。

その二つは、いつも違った。

漫才でテレビに出さえすれば、視聴者を笑わせる自信はある。だがテレビマンにハマらないと、テレビには出られない。テレビに出ないと、売れない。そういう時代だった。

俺はしだいに、誰がお客さんなのかわからなくなっていた。ライブの客、テレビマン、その向こうの視聴者、所属事務所の社員さん、そして芸人仲間……。笑ってくれる人と、押し上げてくれる人が違う。

好きな芸、得意な芸、求められている芸。これらが一致している芸人は、幸せだろうなと思う。

俺にとって芸人の世界でのし上がるには、自分でコントロールできないもの、相手に依存しているものが多すぎた。未来が自分の手の中には存在しないように感じた。

北川とは何度も何度も話し合った。でも返ってくる答えは同じだった。

「あまり深く考えないで、目の前のお客さん笑わせようぜ」

「全力あるのみ！」

「磯ちゃんの書くネタ、面白いから大丈夫だよ」

明るい。いかにもあいつらしい。戦略や戦術という言葉とは真反対にいる北川の思考回路は、時に悩みすぎる俺を楽にしてくれた。

だけどうまくいかなかった。ライブの客は笑う。オーディションには落ちる。そんな日々が続き、しだいに心が消耗していった。ウケていても、これじゃダメだと焦燥感が大きくなっていた。

経験を積んだことで「こんなネタを作っても、テレビには引っかからない」と、マイナスな思考が頭を巡り、生産性も落ちていった。

いつからか、自分に自信が持てなくなった。

そして三十歳の誕生日、解散を切り出した。

北川は泣いた。号泣した。反対した。怒った。

売れない日々でも、彼は彼なりに幸せを感じていたのかもしれない。俺も感じていなかったと言えば嘘になる。けれど、俺らがとっている笑いは〝まやかし〟だった。俺らの未来を助けてくれるものではない。ただその場で気持ちよくなるだけの、その日の酒を美味しく飲むためだけのオナニー、自己満足でしかない笑いだった。それに気がついてからは、舞台に立ちながら泣きそうになることもあった。思い描いていた未来にちっとも近づかない現実に耐えられなかった。俺はスターになりたかった。強烈に認められたかった。頑張りを褒めてもらいたかった。

話し合いは一ヶ月以上続き、最終的には納得してくれた。あいつはそれでも最後まで俺の才能を、俺の書く漫才を信じてくれていた。

「辞めるの磯ちゃんじゃなくて、俺だよ」

「俺以外の誰かと組んで、売れてほしい。磯ちゃん才能あるから」

喫茶店で人目もはばからず泣いた北川のセリフの断片を、今でも覚えている。

それなのに俺は……。

今考えると、弱かった。

十年間の負け戦が俺にもたらした傷は深かった。

入院生活ではお笑い漬けの日々を過ごしてしまった。イヤホンを着けて膨大な量の漫才やコントを見て、笑い、分析した。誰に見せるでもない大喜利の答えをノートに書いた。披露する場所もないのに、なぜか漫才を十本も作った。

売れている人間と売れていない人間、テレビに出られるネタと出られないネタ。

一体何が違うんだろう……。

俺には何が足りなかったんだろう……。

病床でそんなことばかり考えていた。あんなに打ちひしがれたはずなのに。時間が経つと、心のどこかでやっぱり自分は面白いんじゃないかと思ってしまう。そしてまだ、芸人として通用するんじゃないかとさえも……。会社員として生きていくと決めたはずなのに、どこまでいっても未練は消えない。

「そろそろ退院かなと思って……」

予感は当たった。北川は病院までやって来た。

俺はとっさに机の上のノートを閉じた。だが北川は、それが何かわかったのだろう、たわいもない会話をしたあと、手にとってめくり始めた。俺は北川が読み終わるまでのあいだ、顔を見て反応を確かめていた。北川は何度かうなずき、何度か笑った。

「やっぱり、磯ちゃんは面白いよ」

ノートを閉じると、北川はまっすぐ俺の目を見てそう言った。

「ありがとう。でもこれじゃダメやねん」

俺は下を向いたまま答えた。

「そうかな？　俺は十二日の木曜日だけをやり続けるしつこさ、好きだけどなあ。ジェイソンの犯行前日の描写、細かくて面白いよ」

「台本が良くてもさ、俺にはこれをうまく表現できないんだ」

「そこは練習あるのみでしょ」

「できないんだ」

「だから練習あるのみだよ」

「で・き・な・い・ん・だ」

「いや真面目に聞いて～！」

俺が目を寄せ、口を歪ませながら顔を上げると、北川は病室にも関わらず、舞台用の声量でツッコんだ。

これは「はにほへと」の鉄板のクダリで、必死に説明する北川を俺が茶化すものだ。どの漫才にも前半に入れていて、そこそこウケていた。

北川の反応スピードは悪くなかったけれど、顔の筋肉が強張っていて、表情が良くなかった。やっぱりブランクあるんだな。最近あんまり笑っていないのかもしれない。

それから二人で近くの公園まで散歩をした。俺にとっては十日ぶりの外出だった。術後初めてなので、少し緊張した。

歩きながら、コンビ時代の思い出話や、最近見た良い漫才の話をした。北川の現状も語ってくれた。今はコーヒー大好き芸人として世に出るべく、試行錯誤しているらしい。楽屋でコーヒーを振る舞ったり、喫茶店のお兄さん役でドラマに出たこともあるそうだ。

北川はこれからアルバイトに向かうらしく、去りぎわ、「今度、飲みに来てよ！」と喫茶店の割引券をくれた。

俺は北川と別れ、一人で公園のブランコに揺られていた。月並みかもしれないけれど、家族連れや恋人たち、木々、遊具、風など、目に映る全てが愛おしく思えた。生きていてよかったと改めて感じた。

端の方には漫才を練習している若者がいた。

違う、違うんだよ。

大きい方、もうちょっとダイナミックに動かないと客は巻き込めない。小さい方は、もっとキビキビ、速く動け。凸凹コンビなんだから、二人の違いを強調しろ。それじゃまだ立ち話だ。演芸になってないぞ。体に染み込むまで練習し続けろ。頑張れ！

心の声が次々と出てきた。

はあ……。

俺、めちゃくちゃお笑い好きじゃん。

そんなことを考えていると、五時のチャイムが鳴った。そろそろ病院に戻らないといけない。俺はブランコを思いっきり漕ぎ、勢いのままジャンプした。

着地した瞬間だった。

腹の傷跡から、何かが飛び出した。


「どーもー」

「大腸です」「小腸です」

「二人合わせて腸々です。お願いします～」


「いや～、ようやく出番もらえたねぇ」

「ほんまやね〜。あまりに長い待ち時間、油揚げ消化してんのか思たわ」

「なんでやねん。そこは普通トンカツやろ」

「言うてますけども〜」


なんとそれは、俺の大腸と小腸だった。手術の傷はまだ癒えてなかったのだ。五時のチャイムを出囃子がわりに飛び出した彼らは、息のあった調子で、漫才を続けた。

まさか俺のお笑い好きが臓器にまで浸透しているとは……。

小腸：僕たち『腸々』と言いまして、大腸と小腸でコンビ組んで漫才やってるんですけど、
　僕らのこと知ってるよ〜って言う人、手ぇあげてください
大腸：そんなんおまへんがな、今日が初舞台やのに
小腸：じゃあ逆に知らないよ〜って言う人
大腸：全員や、全員
小腸：さいきん消化したもの見せてください
大腸：アホなこと言うたらあかんわ、こんな美しい公園がめっちゃ汚くなるで
突然始まった漫才に、公園にいる人が少しずつ集まって来た。

みんなが俺の大腸と小腸に注目している。
大腸と小腸もお客さんへの見やすさを意識したのだろうか、自分たちを何倍にも膨らませて、色んな方向を見渡しながら喋っていた。

小腸：僕たちこうやって臓器やってますとね、いろんなもん消化・吸収するんですよ
大腸：まあそうやねえ
小腸：例えばハンバーグ
大腸：たまにあるなあ
小腸：目玉焼きハンバーグ
大腸：まあそれもハンバーグやけどな
小腸：チーズインハンバーグ
大腸：それもハンバーグやな
小腸：炭火焼きハンバーグ
大腸：ハンバーグばっかりやないか、他のものも言わな
小腸：ロコモコ！
大腸：ハンバーグやないか、ハンバーグどんぶりやないか
小腸：ミンチと玉ねぎを混ぜて焼いたもの！

大腸：ハンバーグやないか、ハンバーグのレシピやないか
小腸：ハンブルクという都市に由来する名前の料理！
大腸：ハンバーグやないか、まんまやないか
小腸：ハンバーガーの中身！
大腸：ハンバーグやないか、ハンバーグ以外もあるけど、メインはハンバーグやないか
小腸：お前さあ
大腸：なんやねん
小腸：さっきから、めっちゃハンバーグって言うやん
大腸：お前が言わせてんねん
小腸：じゃあ、映画『スター・ウォーズ』の監督は？
大腸：は？
小腸：『スター・ウォーズ』の監督は？
大腸：えっと、スピルバーグ！
小腸：ぶー！　正解はジョージ・ルーカスでした！
大腸：いきなりクイズしてくなよ。十回クイズしてんちゃうねんから

なんだこいつら。

意外とがっつりやるじゃねえか……。
徐々にギャラリーも笑い出していた。

小腸：僕たち他にも色々と吸収するんですけどね、やっぱりこういう順番で吸収したいな～ってのがあるんですよ
大腸：そりゃありますよ、臓器なりの理想が
小腸：良い順番で吸収することによって、病気の予防にもなるんですよ
大腸：そうそう
小腸：だから今日はね、ぜひあの人にお伝えしたい
大腸：あ～、磯崎さんね
小腸：あの人、ハイカロリーなもんばっかり食べるんで、病気なったんですわ
大腸：そうそう。病気なって、この前手術したんですよ
小腸：お～い、聞こえてる？
大腸：聞こえてますか、磯崎さん
小腸：オーナー！
大腸：オーナーって言うな、臓器の持ち主のこと

俺は大腸小腸に手を振り返してやった。
ギャラリーは彼らと俺が繋がっている薄ピンクの管を見て驚いていた。

小腸：例えば順番で言えば、ハンバーグ
大腸：またハンバーグ
小腸：大根おろし
大腸：大根おろしな
小腸：大葉
大腸：大葉な
小腸：ポン酢
大腸：和風ハンバーグを別々に食わせんなよ。胃の中で完成してもしゃあないやろ。ハンバーグはハンバーグでええねん

小腸：まぐろ
大腸：まぐろ？
小腸：炙りサーモン
大腸：炙りサーモンな

小腸：いくら
大腸：いくらな
小腸：酢飯三つ
大腸：おんなじミスしてるわ。寿司を分けて食わせるなって
小腸：紀州鴨のエトフェ、トリュフソース
大腸：何それ？
小腸：夏鹿ロースのロティと、ブイヤベースのジュレ
大腸：いきなり金持ちなった。磯崎さん貧乏やからむりや！　違う違う。最初は野菜かスープや、消化にええのは
小腸：味噌汁
大腸：おお。味噌汁ええやん
小腸：シーザーサラダ
大腸：そうそう、そういうこと！
小腸：ロキソニン
大腸：ロキソニン？

小腸：テリヤキチキン
大腸：そうそう、おかずはあとや
小腸：ロキソニン
大腸：ロキソニン？
小腸：ポテトフライ
大腸：揚げものもあとの方がええな
小腸：ロキソニン
大腸：めちゃくちゃ体調悪いやん、痛み止めばっかり。そんな時はゼリーとか食わせ

小腸：イブプロフェン
大腸：熱冷ましな
小腸：フロモックス
大腸：抗生物質な
小腸：カルボシステイン
大腸：咳止めな。めちゃくちゃ風邪引いてるやん
小腸：壺漬けカルビ、コチュジャンソース
大腸：体調悪いときにそんなもん食わしたら死ぬ！

小腸：ロキソニン、ロキソプロフェン、ロキソニン、ロキソプロフェン
大腸：本薬とジェネリックを交互に飲ますな！　体おかしなるわ！
小腸：座薬
大腸：下から入れてくるな
小腸：お水、二リットル
大腸：そんな急にたくさん飲むな、お腹下すわ
小腸：座薬、二十本
大腸：多すぎて入らんわ。っていうか、さっきからなんの病気やねん。薬使いすぎや！

小さい子どもが大笑いしていた。それを見た大人も笑っていた。
言っていることはお下品なのに、なんだか幸せな時間だった。

大腸：大体そんなに薬ばっかり飲んだら「胃」さんが大変やで
小腸：え？
大腸：そりゃそうやん。一番最初に消化するん、彼なんやから
小腸：あーなるほどな。じゃあ俺ちょっと、胃さんの気持ち理解するために、胃袋やるわ

大腸：は？
小腸：だからお前はその手前にある食道やってくれ
大腸：終盤で漫才コントしようとすな！　やりたいなら漫才始まってすぐにやらんと！
小腸：そんなことより、お客さん見て！
大腸：なになに？
小腸：べっぴんさん、べっぴんさん、一人飛ばしてべっぴんさん
大腸：終盤でツカミすな！　漫才始まって最初にやらんと！
小腸：お客さんの中で遠くから来たよ〜って人、いたら手をあげてください
大腸：終盤で客いじりすな！　漫才始まってすぐにやらんと！

小腸：やっぱり食べるのも、漫才も、順番が大事やな
大腸：うまいこと言わんでええねん。やめさせてもらうわ

およそ三分強だろうか。

いい漫才を見せてもらった。

ギャラリーの拍手は鳴り止まなかった。公園で本格的な漫才を見られると思っていなかったのだろう。

漫才の練習をしていた二人はメモを取っていた。彼らなりに何か盗めるところがあったのかもしれない。

いろいろボケをちりばめて、最後にテーマごと回収するのは俺のよく作ってきた形だ。やはり体の隅々まで、自分の漫才が染み付いていた。

堂々と漫才を終えた大腸小腸は、深々とお辞儀をしたあと、俺のお腹の中に帰ってきた。

俺はなんとか塞がったお腹の傷を押さえ、皆さんに一礼をして病院に向かって歩き出した。

よろよろと歩く俺に向けて「頑張れ」と言葉が飛んできた。中には手を貸してくれそうな人もいたけれど、俺は断った。なんだか一人で歩きたかった。


大腸小腸は、体を飛び出してまで、俺に何を伝えたかったんだろう……。

食べる順番は確かに大事だから、もう病気をしないように注意しよう。野菜やスープから食べると良いんだな。

そして漫才やボケの順番が大事なのは自分でも身に染みてわかっている。

順番……。

俺が選択してきた芸人人生は、ちゃんと順番を考えていただろうか……。

ネタを作ってもうまくいかず、マイナス思考になってしまい、解散……。

頑張ってきたけれど、はたから見れば、何も残せなかった。

「僕たちこうやって臓器やってますとね、いろんなもん消化・吸収するんですよ」

俺もいろんなものを消化・吸収してきたつもりだ。そして舞台で表現してきた。

「僕たち、いろんなもん消化・吸収するんですよ」

それなのに、解散したとき後悔はしていなかったのに、なぜ芸人への思いを自分の中でうまく消化・吸収できないのだろう……。

それとも後悔はしていないぞと、自分に言い聞かせていただけなのか……。

「僕たち、いろんなもん消化・吸収……順番……」

俺は、大腸小腸が選んだテーマを頭の中で何度も反芻し続けた。

「僕たち……」

ハッとした。

大腸小腸の主語がずっと〝僕たち〟だったことに。

俺は、俺の主語は〝俺たち〟だっただろうか。〝俺〟になっていなかったか。

北川の気持ちは考えていただろうか？

北川の順番は？

あいつは自分の気持ちを、うまく処理できていただろうか……。

俺は北川のツッコミに期待しすぎていて、年々、要求のハードルが上がっていた。それにあいつが悩んでいたことは知っている。

それならそれで、あいつにチャンスを与えていただろうか……。

ずっと俺を肯定し続けてくれたあいつの提案を、俺は否定し続けていた。北川が新しい漫才の設定を持ってきたりしても、ほぼ却下していた。俺もそれくらいのものは考えていたし、敢えてやっていないようなありきたりなものばかりだったからだ。

まだこいつはそんなレベルの思考か……。早く俺のレベルに来てくれ……。そんな風に感じたこともある。

あいつは頑張っていなかった。そう思い込んでイライラしていた。たまに頑張ってツッコミのフレーズを提案してきても、「今更、思いつきで頑張りやがって」と心の中で思っていた。

仕事上での苛立ちが、いつしか心のどこかで人間性の否定に繋がっていた。そんな時でも、あいつは俺の書くネタを楽しみにしていて、初めて聞かせるときはいつも笑ってくれていた。そんな時間が好きだった。

今考えると、北川に支えられていたのは、俺の方だったのかもしれない。人間的にも未熟で、プライドだけは高く、不器用。精神力や根性はあると信じていたが、そんなものは自分の実力不足と誰にも認めてもらえない苛立ちとで、いとも簡単に崩れ去った。

どんな時も北川が隣にいた。何も言わず、話を聞いてくれていた。ほんとうに何も言わなかった。ただ、隣にいてくれるだけでいつも俺は、「俺ら」だった。コンビでいられることが、誰かが隣にいて肯定してくれることが、どれだけ幸せだったたか。

もう一度、あいつの全力でツッコむ顔が見たい。もう一度、北川に「やっぱり、磯ちゃんは面白いよ」と言ってほしい。ゆっくりでもいいから、あいつのペースに、あいつの順番に寄り添いたい。

俺の足は、いつの間にか北川の働く喫茶店に向いていた。

エルパソ

「差し入れ、ここ置いとくな?」

難波はそう言って、アイスコーヒーを机の上に置いた。僕がお礼を言ってミルクを入れたとき、相方の緒方はすでにゴクゴクと飲んでいた。そして一気に半分飲み干したところで「うんま。やっぱアラリヤのは豆がちゃうな」と、口を開いた。大きな声だった。「よく買ってたもんな」と難波が続ける。

アラリヤというのは劇場から少し離れたところにあるワゴンで、コーヒーが美味しいことで知られている。緒方はいつも入り時間と本番の合間に、後輩を連れて買いに行っていた。後輩がその場にいない日は相方の僕を誘うこともあった。コント師はリハーサルをやっている時間なのだが、漫才師はリハーサルなどないので、この時間を自由に使える。まあ、本当はその間にネタ合わせをするべきなんだろうけど。

僕もスーツに着替え終わったところで、コーヒーを手に取った。変わらない味。僕にとってもアラリヤのコーヒーはこの劇場とセットだ。楽屋はいつも色々な種類のコーヒーの薫りと、喫煙所から漏れてくるタバコの匂いで満ちている。ギラギラした若手芸人はなぜかそれらを異常に好む。「夢っていったいどんな味?」と尋ねられたら、答えはタバコとコーヒーだ。

緒方はあっという間にコーヒーを飲み干し、寂しそうに「もうあんま、アラリヤ行けんようなるなあ」と言った。「でも渋谷に来なくなるわけやないやん。劇場に来なくなるだけで」と難波が続ける。

僕たちは今日、解散するのだ。今日のラストライブが終われば、「エルパソ緒方」はただの〝緒方〟になるし、僕もただの〝本城〟になる。なる、というより、戻ると言った方が正しいのかもしれないけれど。

何度も小道具として使った馬の頭の被り物をしみじみと眺めていると、難波は「頑張ってな、ラスト!」と言い、去って行こうとした。僕は呼び止めて馬を被り「ひひんひんひんひん、上品」と言いながら、大学時代の社交ダンス部で極めたターンを披露した。難波が一番好きだった一発ギャグだ。難波は当時のように爆笑しながら、楽屋をあとにした。

難波は数年前に芸人を辞めた同期だ。僕らよりほんの少しだけ売れていて、テレビで四回ネタを披露したことがある。ちなみに僕らエルパソは三回。

有名大学の薬学部を卒業して芸人になった彼は、芸人を辞めたあと、資格を生かして薬剤師になった。なんだか芸人時代より生き生きしている姿は、「辞めてもなんとかなるぞ」というメッセージに思えた。

それから山根もやって来た。差し入れは大量のカツサンドだった。僕らを高校卒業したての超若手コンビとでも思っているのだろうか。三十路を過ぎた男はそんなに食べられない。それに出番前にお腹いっぱいになりたくない。

僕は自分と緒方の分の二つだけ抜き取り、残りをスタッフのところへ持って行った。山根は「え、俺スべってる？」と、恥ずかしそうにしていた。

山根は今、自動車メーカーで営業をしているらしい。僕は社会人として働いたことがないから、営業が具体的にどんなことをするのかはわからないけれど、何かを売っているというのはわかる。車本体なのか、部品なのかは知らないけど、きっと社会の役に立つものだろう。山根は芸人時代から口が達者だったし、何より笑顔が爽やかだからうまくいってそうだ。緒方が「調子は？」と聞くと、「いいよ」と返していた。

「ホップ、ステップ、ジョニーデップ」と、突如楽屋に侵入して来たのは、リチャーズだ。顔が外国人っぽいから養成所時代にそう呼ばれ始め、そのまま芸名になった。中身はゴリゴリの日本人で、よくわからない日本酒の資格を持っている。いちおうそれっぽいメガネはかけているが、ジョニー・デップには似ていない。

「俺の差し入れは、ギャグで〜〜す」

リチャーズがさらにギャグを披露しようと、金髪のカツラを被って「ウイーン、ウイーン、ウイーン」とロボットダンスを始めたところで、緒方は笑いながら彼を楽屋から追い出した。

そのあと廊下に「少年合唱団！」と、大声が響いた。最後のキメ顔まで見たかった。

このギャグはリチャーズの現役時代には見たことがなかったので、もしかしたら辞めてからも、ずっとギャグを作っているのかもしれない。

今は持ち前の明るさを武器に、結婚式やイベントの司会業をしているらしい。それに、芸人時代から付き合っていた可愛い彼女と結婚し、もうすぐ双子が生まれるという。

他にも、実家のかまぼこ屋を継いだ上町、バイト先だった焼き鳥屋の社員になった伊集稲《いじゅういね》、もともと教員免許を持っていたためそのまま教師になった佐々田など、多くの同期が集まってくれた。エナジードリンク、おにぎり、ドーナッツなど、みんなたくさんの差し入れをしてくれた。

中には芸人時代に培った能力を生かして仕事をしているものもいた。

構成作家になった森本は深夜番組の担当になり、テレビ局によく出入りしている。我孫子は「あびちゃんねる」というＹｏｕＴｕｂｅをはじめ、チャンネル登録はもうすぐ六万人だ。ファントムという芸名で活動していた藤田は、ネタ作りの技術を生かして小説家になるべく、新人賞に応募しているらしい。

とくに驚いたのが、新田と只見だ。新田は芸人時代に習得し、特技にしていた占いで、只見は催眠術で、たまにバラエティ番組に出ているのだ。憧れの先輩を占ったり、催眠にかけたりと充実している。素直に羨ましいし、そんな人生もあるんだなと思う。

楽屋は新田の占いで盛り上がっていた。タロットのようなカードを使い、僕らが辞めたあとどんな仕事に就くのか占ってくれた。緒方は構成作家になり、なんと僕は鷹狩りの名人になるらしい。真面目に占ってくれよ。僕は「ふざけんなよ」とツッコんだが、新田は先輩の結婚や大きな仕事など、数々の未来を当ててきているので、あながち間違っていないのかもしれない。

藤田は来年、小説の新人賞をとると言われて喜んでいた。上町のかまぼこ屋は一店舗しかないのに、来年上場すると予言されていた。楽屋には笑いが生まれ続け、みんなのおかげでリラックスできた。解散の日の楽屋なんてしんみりするだろうと思っていたが、盛り上がってよかった。

誰かが只見の催眠術もリクエストしたけれど、さすがにやめてもらった。緒方がかかりやすいからだ。昔わさびのカタマリが抹茶アイスに見えるという催眠をかけられ、バクバク食べたことがある。催眠が解かれたあと、涙を流しながらオエオエと吐いていた。

はじめは五百人ほどいた同期は、どんどん辞めていった。でもまだみんな、変わらず面白い。むしろ売れないといけないというプレッシャーから解放されたおかげか、自分より笑いを取る誰かへの嫉妬がなくなったからか、清々しい顔で、昔より貪欲にボケたりツッコんだりしていた。

そんな光景を見ていると「一回芸人やってもうたら、ずっと芸人やねん」と、誰かが言っていたのを思い出す。

人に楽しんでもらうことや、笑わすことだけを二十四時間、三百六十五日考え続ける。誰かを笑顔にすることに全力を注ぎ、生きがいとする。お金がなくても気にもせず。

そんな時間を人生で過ごせたことは貴重だ。

一時でもそんなものを知ってしまうと、なかなかすぐには変われないだろう。

もちろんまだまだ芸人として夢を追い続けている同期も楽屋に来てくれた。彼らには本当に頑張ってほしい。月並みな言葉だけど、僕らの分まで精一杯、自信を失うことなく。

そして、緒方にもそうあってほしい。

それがラストライブを企画した僕の願いだから。


ここ二年、緒方の笑顔は日々なくなっていった。ネタを書くペースも落ちていった。同期に相談すると「長く続けていると、何がウケて何がウケないか、肌感覚でわかるようになり、あれじゃないこれじゃないと自分の中のハードルが高くなる。それが結果的に、ネタを生み出すペースを遅くする」というようなことを言っていた。僕はネタを書かないので、緒方のプレッシャーは計り知れない。

それに三十歳をすぎると、結婚やお金、これからの人生のことも考えないといけない。親孝行もしたいだろう。

緒方は「早く売れないと」という焦りと、「こんなんじゃダメだ」という芸へのこだわりに押しつぶされたのだろうか。三ヶ月前、憔悴しきった顔で「もう限界や」と告げられた。最終オーディションまで進み、あと少しで出られそうだったネタ番組が終了するというニュースが流れた夜だった。

僕は、緒方は才能があると思っていた。養成所のときから同期には一目置かれていたし、先輩や後輩からもよくネタの相談を受けていた。事務所に解散の報告に行ったときも、方々で「もったいない」と言われていた。二人で報告したのに、みんな緒方の目を見ていた。それでいいんだと思った。それだけ期待が大きかったということだろう。緒方はネタを作れるし、面白いことを考えられる奴だから。

僕は、解散は嫌だった。はっきり「嫌だ」と言った。緒方の書いた漫才が好きだったし、一生あいつと舞台に立ち続けるのが夢だった。緒方が生み出したボケに笑ったり怒ったり、いち早くリアクションし、わかりやすくしてお客さんに伝えるのが僕の役目だった。いつまでも、あいつの一人目のお客さんでありたかった。

でも一方で、悩んでいる緒方を見るのも辛かった。ネタを作るペースが落ち、新ネタを披露しないといけないライブでも昔のネタをしたりしていた。緒方は気持ちが乗らないのか、声が小さかった。僕は必死で、今初めてそのボケを聞いたかのようなリアクションをしたけれど、空回りしていたのかもしれない。あまりウケなかったし、そんな日々を繰り返していると自分たちが成長している実感もなかった。

以前なら準々決勝まで進んでいたM－1も、去年は二回戦で落ちた。もはや現状維持すらできなくなっていた。その頃から、しだいに僕らのお客さんも減ってきた。出待ちで声をかけられることも少なくなり、顔なじみのお客さんも来なくなった。仕事が増えないので、新規のファンも獲得できなくなっていた。

舞台では出さないようにしていたつもりだが、僕らは負のオーラに包まれていたと思う。売れるかも、と誰かを期待させることができていなかったのかもしれない。

僕は解散を仄めかされたとき、緒方が限界だったことに気がついていなかったふりをした。それどころか「弱音を吐くなんて珍しいな」と言ってしまった。実際、僕の前でネガティブな言葉を吐くのは初めてだった。芸や人生のことを僕に相談しても仕方がないと思われていたのかもしれない。緒方は全部一人で決めてきて、僕はあいつの全てを肯定してきたから。そんな関係性もうまくいかなかった原因の一つなんだろう。

僕は解散を受け入れるにあたって、条件をつけた。それは解散ライブを開催すること。その方が良い区切りになるし、最後にウケて終わった方がお互いに良いリスタートが切れると思ったのだ。緒方は「全然ええよ」と、了承してくれた。前向きでよかった。

事務所に解散の報告に行ったとき、頭を下げてお願いして、六十分の枠を与えてもらった。すぐにSNSで告知し、集客を始めた。そして同期や元同期にも報告し、時間の都合が合えば来てほしいと頼んだ。特に仲が良かった難波とリチャーズには、緒方の状態も含め、解散の経緯を全て話した。難波が、緒方の好きなコーヒーを買ってきてくれたのも、リチャーズが全力でギャグをしてくれたのも、そんないきさつがある。


僕らは集大成を見せるべく、稽古に励んだ。

しかし、僕は途中で気がついてしまった。このままではウケないと……。やっぱり昔のネタは、リズムや間が微妙に狂ってしまう。緒方のボケにも熱量がない。昔は面白いと思って作ったものも、今はもうだいぶ時間が経って感覚が風化している。当時は奇抜だと思っていた発想も、すでに緒方の中ではベタなのだ。そのせいか、ネタ合わせでもよくセリフを噛んでいた。

このままじゃマズイ……。

僕がラストライブを打ったのは、緒方のためなのだ。笑顔で辞めてほしいから。僕の最後の役割は、緒方を完全燃焼させることだと勝手に思っていた。

初めて緒方に「全力でやれ！」と怒った。「最後の最後まで応援してくれるお客さんにも失礼だ」と。緒方はしぶしぶ納得し、無理やりテンションをあげて練習してくれた。だが一度狂ったリズムや間を取り戻すのは、容易ではなかった。当日までずっと、一抹の不安が心の中にあった。

防音扉を開けて舞台袖に行くと、客席のざわめきが聞こえた。ライブ前、客入りの音楽が鳴っているときのザワザワ感でその日のお客さんの入り具合やテンションがわかる。これから登場する芸人が何をやってくれるんだろうと、期待している音。今日は告知を繰り返しただけあって、いつもより多く聞こえた。ひとまず僕の仕事は終わりだと、胸をなでおろした。あとは全力で楽しむだけだ。

そこへ緒方もやって来た。僕が深呼吸していると、緒方は僕の前に拳を出した。僕も拳を握り、互いのグーをチョンと合わせた。懐かしさが蘇る。これはデビュー当時いつも本番前にやっていた験担《げんかつ》ぎのようなものだが、いつからかやらなくなっていた。久しぶりだけど、これで本当に最後だ。

屈伸をしていると客入れのBGMが消え、出囃子が鳴った。いよいよだ、いよいよ始まる。最後の舞台が、エルパソの集大成が。何より緒方に笑顔を取り戻させるための一時間が。全てがうまくいきますように。いや、うまくいけ。

僕は歌詞が始まるとともに、歩き出した。

「ど〜も〜エルパソです、お願いします」

「お願いします〜」

「今日も元気に頑張っていかなあかんな〜言うてますけど」

「は？　解散するのに？」

緒方のツッコミのようなボケが刺さった。

「いきなり暗いこと言わんでええやろ」

僕のツッコミでちゃんと笑いが起きた。よかった。少し笑いがおさまるのを待って、緒方が喋り出した。

「いきなりですが、解散する理由を発表します」

「そんなん言わんでええねん」

「音楽性の違いです」

「バンドマンか！」

「あと～」

「まだあるん？」

「親の転勤です」

「小学生か！」

「あと～」

「そんなにあるん？」

「普通の男の子に戻りたいんです」

「キャンディーズか！」


しだいに笑い声は大きくなり、強張っていた緒方の表情が緩んだ。よかった。

「緒方、ええからそんなん。お客さんたくさん来てくれてるんやから」

僕がそう言うと、緒方は客席を見た。僕もそこで初めてはっきりと前を向いた。

満員だった。

昔、よく来てくれていたお客さんも、サインを大量に書いたお姉さんも、頑張ってくださいと缶珈琲をくれた兄ちゃんもいた。僕を初めて出待ちしてくれた女の子もこっちを見ていた。当時女子高生だった彼女は、子どもを抱いていた。

後ろの方の席には難波や山根、リチャーズたち。それに楽屋に挨拶に来てくれたメンバー以外にも、同期がたくさん来ていた。感無量だ。これだけでも、今までやって来たことに意味があったと思える。


「ちなみに一つ聞いておきたいんですけど」

「なになに？」

「僕らのこと初めて見たよ～って人？」

「あんまおらんやろ、解散ライブだけピンポイントで来る人は」


また笑いが起きる。

おい、緒方。見てるか？

これみんなお前の才能に期待してた人なんだよ。お前に惚れてた人たちなんだよ。お前は自信なくすなよ。ここのみんなは、ずっとお前の味方だから。

「やっぱり、俺らみたいなもんでも、解散するってなったら話題になるやんか」

「まあ、ちょっとはな～」

「しばらく来るの辞めてた人も、今日は来てるなあ～」

「そんなこと言うな」

「あいつと、あいつと、あいつと、あいつと」

「指差すな、ドキッとするやろ」

「来れたんちゃうん？　他のライブも」

「忙しいねん、皆さんも」


緒方のアドリブも飛び出し、調子がいいことがわかった。


「まあまあ、今日で解散するわけですけど、いわば解散ライブってさ、コンビのお葬式みたいなもんやんな？」

「まあ、言われてみれば」

「だから今日はここでな、お葬式をしようと思うねん」

「え？　俺らの？」

「そうそう」

このネタだけは、ラストライブのために完成させた新ネタだ。

最初で最後の。


「え～、本日はご多忙の中、ご参列いただきましてありがとうございます」

「急に始まったなあ」

「皆さん色々な思い出を胸に、最後のエルパソ様とのお時間をお過ごしください」

「あ、お客さんが遺族ってことね？」

「すみません、申し遅れましたが、私、エルパソの葬儀の司会を担当します、エルパソの緒方です」

「奇妙やねん、状況が！　死体と司会が同一人物になってるから」

「思い返せば、ボケとツッコミのバランスも良く、非常に良いコンビでした」

「自分で言うな」

「養成所の頃から期待されており、ひときわ目立っていたと聞いております」

「恥ずかしくないんか？」

「特に、ボケの故・緒方さまは、毎日ネタを書く努力を怠らなかったそうです」

「ストイック自慢いらんねん」

「ツッコミの故・本城さまも『売れますように』と、毎日のお祈りを欠かしたことはありません」

「なんで俺だけ神頼みやねん」

　順調にウケている。この調子だ。


「夕暮れロンドン」

「うわ、どっかで聞いたことある」

「エルパソと悩んだもう一つのコンビ名です」

「ダサい。エルパソでよかったわ！」

「ベスト・オブ・センス」

「それもやめろ」

「初めてやった単独ライブのタイトルです」

「恥ずかしすぎるやろ」

「ブオン、ブオン、ブオオオオオオン」

「何？」

「よくネタ合わせをしていた公園にいた、暴走族の音です」

「ほんまにいらんわ、その音は」

「バイクの音ではなく、口で言っていました。これほんまなんですよ。紫のチャリに乗って、口でバイクの音出してたんですよ、ブオン、ブオオオオオンって」

「何を熱弁してんねん」

「皆さま、バイクの話で思い出したのですが、残念なお知らせがあります」

「なんやねん」

「今日の坊主の吉田さん、原付ではなく電車で来たそうです」

「どうでもええわ。確かに定番は原付やけど」

「え？　なになに？」

「なんでインカムつけてんねん」

「プラス一万円で、今からでも原付の坊主にチェンジできる？」

「いらんわ。坊主の交通手段にこだわりないわ」

「チェンジで」

「するか。一万円もったいない」

「それでは皆さま、坊主の念仏、いや呪文、いや独り言が始まります」

「お経や。全部間違ってんねん」

「耳の穴かっぽじってよう聞けや」

「どんな司会者やねん。葬儀で荒れるな」

「ここで、エルパソ様に届いた弔辞を拝読させていただきます」

「不謹慎やな、お経の途中に」

「本城さんの、可愛い子には旅をさせよと言わんばかりの、愛のあるツッコミ最高でした」

「ことわざ気になるなあ」

「緒方さんの、能ある鷹が爪を隠したようなボケにも、いつも驚いていました」

「あかんやろ、漫才中は爪出せよ」

「お二人の漫才は、私にとって青天の霹靂、棚からぼたもちでした。解散しても、海老で鯛が釣れるように頑張ってください」

「どんだけことわざ出てくんねん。使いすぎて内容入ってこんわ」

「こちら、ことわざ大好き太郎さんから頂戴しました」

「弔辞でペンネームやめて。誰に感謝していいかわからんから」

「私はエルパソの漫才が大好きでした」

「わ〜、嬉しい。ありがとうございます」

「緒方さんの『イリオモテヤマネコの手でも借りたい』というボケ最高でした」

「言うてたなあ、なんかで」

「本城さんの『なにがやねん』というツッコミも最高でした」

「もっとあるやろ、俺のセリフ」

「それはそうと、ギャラの振り込みが二十五日から十五日に変更になりました」

「は？」

「こちら、マネージャーの仁科様より頂戴いたしました」

「直接言えや！　今さっき会ったわ」

「皆さま、今から、枯葉を焼く時間です」

「お焼香や」

「やり方がわからない方いらっしゃいますか？」

「あ〜何回する、とかね」

「前の人の真似をしてください」

「やるけど。だから最初の人は緊張すんねん、みんな真似するから」

「今日は緒方さんの好きだったローズマリー、本城さんの好きだったバニラをご用意させていただきました」

「は？　ただのお香やん」

「こんな匂いのする部屋でネタ作ってたんだな〜と、想像しながらお楽しみください」

「いい匂いやな〜、言うてる場合か。ちゃんとお焼香を用意せえ」

「あと、お焼香アレルギーの方、いますか？」

「あんま聞いたことないけど。触ったら手が荒れるとか？」

「代わりに、さつまいもを用意しておりますので、そちらで」

「葬式で焼き芋は禁止！　なんか不謹慎やから」

「それではここで本日のメインイベントです！」

「急になんやねん」

「さてさて、故・コンビ、エルパソ様ですが最後はどのように葬られるのでしょうか～？　葬り方ルーレット、スタート！」

「司会のテンションおかしいやろ」

「火葬、水葬、埋葬、火葬、水葬、埋葬、火葬、水葬、埋葬」

「葬り方、ルーレットで決めんな」

「火葬、水葬、埋葬、火葬、水葬、埋葬～」

「止めるで？　ストップ！」

「鳥葬」

「一番残酷なん出た！　肉食の鳥についばまれるやつ。お前さっきからむちゃくちゃやないか。もうやめや、こんな葬式」

「最後にもう一つ、弔辞が届いています」

「まだあんの？」

「僕もエルパソが大好きで、エルパソの漫才を見ると明日からも頑張ろうと思えました」

「うわ、めちゃくちゃ嬉しい」

「しかし二人に謝らないといけないことがあります」

「なんやねん」

「電車で来てすみませんでした」

「さっきの坊主やないか。もうええわ」


めちゃくちゃウケた。最高だった。緒方の顔にも、今日はいけるぞという自信がみなぎっていた。何より笑っていた。

それから僕らは、漫才を六本と、コントを二本披露した。最後にはお客さんに今までの感謝を述べて、深々とお辞儀をして舞台をあとにした。満員だったのが本当に嬉しかった。この光景はこれからの人生で何よりの宝物になるんだと思う。

楽屋に戻っても関係者からの拍手は鳴り止まず、花束もいただいた。そして「打ち上げ、ウチでやり」と、焼き鳥屋の社員になった伊集稲が誘ってくれた。

レモンサワーがすすむ。芸人として売れることは諦めた。けれど無駄じゃなかった。こんなに大切で、仲間想いの同期がたくさんできた。そして、みんなまた別の夢に向けて走り出している。いいじゃないか、別に。諦めても。芸人をやっていたことが正解かどうかはまだわからないけど、正解だったと思えるように生きていくことはできる。顔を赤らめて笑っている緒方を見ると、そんな感情が押し寄せてきた。

僕も久しぶりにふらふらになるまで飲み、トイレに向かった。

用を足していると、只見が隣に来た。

「協力してくれてありがとうな。本当に」

「ええって。緒方、喜んでてよかったな。完全燃焼できたかな？」

「できたと思う。ほんまに只見のおかげや、相談してよかった」

「いやいや。大したことしてへんで」

「客入れＢＧＭでお客さんに催眠かけるなんて、実現できると思わんかったわ。さすが催眠術師」

「俺も初めてだったから、うまくいくか心配だったわ」

「うまくいってたよ。ちゃんと、お客さん、緒方の全てのボケに笑ってたもん」

「ははは」

「ははは」

「ほんまにそう思う？」

「え？」

「実は客入れＢＧＭでお客さんに催眠をかける計画は失敗したんやわ。ギリギリに入ってくるお客さんには効果が薄そうやから」

「うそ？」

「その代わり、漫才の出囃子でお前らに、強めの催眠をかけておいた。お前らが何を言っても、お客さんが笑ってるように見えるように」

「うそ？　マジで？　ぜんぜん気がつかんかった。やっぱすげえな。めっちゃ笑ってるように見えたもん」

「いちおうプロやから」

「で、実際は、ウケてた？」

「え、え〜と、まあ普通かな」


「え、ほんまのこと言わんかったんや。只見、優しすぎるって」

「言えんやろ」

「でも、やっぱり只見の予想は当たったたな」

「ああ。催眠だけじゃ無理やと思ったから頼んだんやで。ありがとうな、難波」

「とんでもない。まあ、いい解散ライブになったんちゃう？」

「そやな。満員に見えてたみたいやで、お客さん」

「だいぶ多めに、コーヒーに薬入れといたからな」

「ははは。まだ見えてんのかな？　幻覚」

「どやろ。でも居酒屋入るとき、全然混んでないのに『満員やん』って言うてたで」

「めっちゃ効き目あるやん」

「もうエルパソにファンなんていなかったんやな」

「まあでも、これで二人とも次のステージに向かえるんちゃう？」

「そやな。幸せやな」

「幸せやな」

「あ、来月解散するジャンキーズは、なんか話聞いてる？」

笑いの神様

「日本一、面白くなれますように！」

心の中でそう願い、二礼二拍手一礼を済ませた。

舞台前にはかならず、劇場近くの神社に参拝するようにしている。たまに僕以外の芸人も見かけるが、ごく少数。それでもこの神社を選んだのには理由がある。青柳さんが通っていたからだ。

えんてんか・青柳――。

僕の憧れの先輩だ。

芸歴で言うと、九年上になる。もともと「ある晴れた日に」というコンビ名で活動していたが、誰かに気取りすぎだと言われたらしく、今の名前に変えた。

ちょうどその頃から快進撃が始まった。大阪の漫才コンテストに東京組として乗り込んで優勝し、その勢いのままM－1で三位。青柳さんの飄々としたボケと草田さんのアツいツッコミが世間に認知された瞬間だった。

M－1特需で色々な番組に呼ばれ始めると、バラエティ番組の有名プロデューサーにハマり、みるみるうちに全国区のタレントの階段を駆け上がった。

それから五年が経ち、今や青柳さんはバラエティ番組の常連芸人としてはもちろん、五人の子持ちパパ芸人として第二の顔を見せ始めている。イカつい形相をしているのに子煩悩というギャップが、主婦層にウケているらしい。

僕は青柳さんとは、挨拶しかしたことがない。

だけど、ずっと側で見てきた。

劇場では恐ろしいほど客を笑わせていた。なんでこんなに面白い人が売れてないんだと不思議に思った。そして世に認知されたとき「ほら見ろ！」と思わず声が出た。喋ったこともないのに、青柳さんのセンスを見抜いた僕まで認められたようで、なんだか嬉しかった。

この人が売れないなら、こんな世界なんてクソだ！

クソで、嘘だ！

そう思わせてくれるほど、漫才もコントも大喜利もギャグも面白かった。

彼が活躍し続けている間、僕はというと、鳴かず飛ばずの時期を過ごしてきた。舞台では、ウケたりスベったり。たまにテレビにも出るけれど、続かない。これがいわゆる〝下積み〟と呼ばれる期間なのだろう。

いつか青柳さんに追いつき、追い越したい。テレビで共演したい。そのためにもっともっと面白くなって世間に認められたい。そんな思いで、青柳さんが売れる前に通っていた神社に足繁く参拝している。縁も運も、ご利益の全てが欲しい。一歩でも彼に近づくために。

今日も僕は、日本一になる誓いをして境内をあとにした。これから大喜利のライブがある。少し早く楽屋に入って、過去のお題を見て、感性を研ぎ澄ませておこう。そう思い、境内から参道へ続く階段に足を差し出す、その時だった。

「おめでとう」

拍手とともに、野太い声が聞こえてきた。あたりをキョロキョロと見渡してみたけれど、僕以外には誰もいない。

「そっちではない、後ろじゃ」

さらに声が聞こえたので、振り返った。しかしそこにあるのは、賽銭箱と鈴緒だけ。いつもと同じだ。

「もっと、もっとこっちへ来い」

拝殿の方に引き返すと、声はさらに大きく、はっきりと聞こえた。神主だろうか？　それとも空耳だろうか？

「やっと目があったな」

空耳ではないようだ。やはり誰かが喋っている。

「だ、誰？　どこですか？」

「安心せい、お主からワシは見えんが、ワシからお主は見えておる」

「こ、怖いこと言わないでください」

「なんにも怖くないぞ。君は、いつも参拝してくれとる青年じゃな？」

「え、まあ、はい」

「見ておる見ておる。いつもありがとうのう」

僕は目を凝らして奥の本殿まで覗き込んだが、やはり誰の姿もなかった。

「見えないのは仕方ないぞよ。ワシには実体がないからの」

「え？」

「ワシはこの神社の、神じゃ」

「か、神様？」

「そうじゃ。平安時代の頃から祀られておる」

「……ふざけてんのか？」

「まさか、ふざけとらんぞ」

「じゃあ、神様って証明してみろよ」

「ほほほ。どれ」

神様とやらがそう告げると、階段の下から風が吹いて来た。振り返ると、風はさらに強さを増し、あたりの落ち葉を宙に巻き上げた。僕の体まで浮かび上がりそうで、思わず声が出た。

「わかった！　わかったから、やめろ！」

「ほほほ。そりゃ」

神様の一言とともに風は止み、落ち葉はひらひらと地面に戻った。その配列はイチョウとモミジが一枚ずつ交互に並んでいて美しく、さらにある漢字を形取っていた。

桑原。

僕の名字だ。

「ほほ。桑原くん、信じてくれたかの？」

呆気にとられていると、神様はさらに続けた。

「では、そろそろ本題に入ろうかの。何も悪い知らせじゃない、いいことが起きるぞ。喜べ」

「い、いいこと？」

「そうじゃ。というのもな、お前は今年、この神社の十万人目の参拝客なのじゃ。延べ人数じゃが」

「え？」

「いい予感がするじゃろ？　ワシは決めとるのじゃ、毎年十万人目の参拝客の願いを叶えてやろうと」

「え、本当に？」

「もちろんじゃ。毎年叶えてやっとる。何か願いはあるかの？」

「面白くなりたいです！　死ぬほど！　日本一！」

僕は間髪入れずに答えた。

「面白くなりたい？　それでいいのか？」

「もちろん！　誰にも負けないくらいに、面白く」

「……他にはないか？」

「ない」

「ふむふむ。そんな願いをするものは初めてじゃ。ちょっとやってみよう」

神様がそう言うとあたりは静寂に包まれ、数秒後、何か得体の知れないものが僕の体を突き抜けた。それはとても抽象的な、実体をともなわないもので、オーラとかエネルギーとかの類だと思う。体から湧き出る覇気を、確かに感じた。

「よし。これでおそらく、面白くなれたはずじゃ」

「なんだよ、おそらくって。自信がないのか？」

「なんでも、人を面白くするのは初めてじゃからな。皆ふつうは安産や健康を願うからの。あとは恋愛じゃな」

「商売繁盛とか金儲けを願う奴もいるだろ？」

「まあ、何年かに一回は」

そんな少ないものなのか、と思ったけれど何も言わなかった。

「まあ、不都合があれば、戻ってくるといい。調整するからの」

「わかった」

そう言って、チラッと時計を見た。もう劇場の入り時間だった。僕は神様に別れを告げて、足早に劇場へ向かった。


【こんなお正月は嫌だ、どんなの？】

大喜利。それはストロングスタイルのお笑いだ。出されたお題に面白く答えないといけない。

僕は大喜利が面白い人はホンモノだと思っている。あまりごまかしが効かないし、個人戦だからだ。誰にも助けられず、自分の中から湧き出てくる面白さだけで勝負しないといけない。もちろん、青柳さんの得意分野でもある。

さて。

僕は与えられたスケッチブックを開き、マジックを握った。そして頭の中でキーワードを出してゆく。

おもち、凧揚げ、おせち、地元、初詣、除夜の鐘、同窓会……。

う〜ん。

その時だった。神社で感じた得体の知れないものが、再び、僕の体を突き抜けた。溢れ出てくるエナジー。

気がついたら、僕は答えを出していた。

【こんなお正月は嫌だ、どんなの？】

初詣でおみくじを引くと、「ひみつ吉」と書かれていた
ウケた。よしよし。この勢いでいこう。

【こんなお正月は嫌だ、どんなの？】

初詣から帰るとき、神主が「どうでした？」と聞いてくる
【こんなお正月は嫌だ、どんなの？】

本殿の横に「私が建てました」と宮大工の顔写真がある

よしよし。三問を答え、今のところ僕が一番ウケている。いつもより順調じゃないか。このままいこう。なんてったって僕は、日本一面白いんだから。

第二問。

得体のしれないパワーは相変わらず体に宿ったままで、何も考えずともマジックが勝手に動いた。

【ＢＢＱが盛り上がりません。なぜ？】

不意打ちで、天照大神が様子を見に来た
ん？

少しウケたけれど、なんだこの答えは……？

【ＢＢＱが盛り上がりません。なぜ？】

えびす様が飲みすぎて倒れ、救急車が来た
【ＢＢＱが盛り上がりません。なぜ？】

鯛のおかしらを、スサノオが独り占めした

僕はしだいに失速し、ウケなくなっていった。

これはもしや……、神様の考える〝面白い〟になっていないか？　そのまま大喜利ライブは、第三問へと続く。

【戦力外になったプロ野球選手のドキュメント番組、応援する気がしない、なぜ？】

人生をやり直す大事な瞬間なのに、お賽銭に五円しか入れなかった

【戦力外になったプロ野球選手のドキュメント番組、応援する気がしない、なぜ？】

見切れたイザナギとイザナミが、ピースをしている

【戦力外になったプロ野球選手のドキュメント番組、応援する気がしない、なぜ？】

ヤマタノオロチが現れて、それどころではない

間違いない。神様目線の〝面白い〟になっている。ヤマタノオロチなんてワード、野球のお題から導き出せるわけがない……。どうにかしないといけない。

しかし僕にはどうにもできなかった。お題が発表されると同時にペンが走り、神様目線の

答えを出し続けた。もちろん結果は、散々。最初の一問だけウケたものの、それからライブが終わるまでスベり続けた。楽屋に戻ると、同期に「桑原、キャラチェンジした？」なんて言われる始末。さすがにキャラを変えるにしても、神様は選ばない。知識もないし、カバーできる範囲が狭すぎる……。

はあ……。

どっと疲れた。どんなに疲れていても、ウケると回復する。反対に、どんなにピンピンしていても、スベると疲れる。それが芸人ってもんだ。

僕は楽屋で何本もタバコを吸い、時間を潰した。出待ちの客にどんな顔をすればいいかわからなかったからだ。ファンはみんな、推しの芸人が活躍するところを見にくるのだ。もしくは、スベって、それでももがいて頑張ってウケて、成長する過程を見にくるのだ。いきなりよくわからない神様キャラになり、よくわからないスベり方をするのは望んでいないはずだ。もしかしたら、古くからのお客さんには怒られるかもしれない。僕には、会場の外に出る勇気はなかった。

「お前、いつまで寝とんな。ここ家ちゃうぞ」

目を覚ますと、劇場のスタッフさんがいた。知らないうちに眠ってしまっていたらしい。

「さあ、帰った帰った」

「すみません」

時計を見ると二十三時を過ぎていた。劇場の閉まる時間だ。

僕は慌てて荷物をまとめた。

「お前、迷っとんか？」

「え？」

「いや、芸風とか色々。今日見とって、そう思ってん」

無理はない。イザナギとかイザナミとか、舞台であまり聞かないセリフを突如として言い出した僕だ。

「まあ、はい」

「俺は無理やけど、すごい先輩、めっちゃおるから、何かあったらちゃんと相談しいや」

「わかりました」

そう答えて、劇場をあとにした。スタッフはいつも優しい。

そんなことより！

あいつのせいだ。あの、何もわかっていない神様の……。

僕の足は、自然と神社へ向いていた。不都合があれば、戻って来いと言ってたよな？　不都合どころか、文句がある。せめて、せめて元に戻してもらいたい。

鳥居をくぐると、月明かりに照らされた拝殿が見えた。さあ、出て来い。話がある。僕は階段を駆け上がり、手を合わせ、声を出した。

「おい！　神よ、神様よ！」

「おお。昼間の。どうじゃ？　すごいパワーじゃったろ？」

「すごいパワーだよ、別の意味で」

「どうしたんじゃ？」

「あんたの、神様目線の面白いにしても、意味がないだろ！　頼むよ！　俺が考える日本一面白いにしてくれよ」

「というと？」

「だから、俺が言いそうなことで、一番面白い答えを引き出してくれよ」

「そう言われてもなあ、面白いは皆、それぞれじゃ」

「そうなんだけど、ああ！　もう！」

僕は思いきり鈴緒を引き、音を鳴らした。

「こらこら。荒ぶるでない。面白かったぞ、見切れたイザナギとイザナミ」

「なんだよ、見てたのかよ！」

「見守っとったんじゃ。ワシは腹抱えて笑ったぞ」

「あんたを笑わせてもダメなんだよ！　日本一になれないの！」

「う〜ん、難しいのお……」

「神様でも難しいのかよ」

「笑いは、難しいのお……」

「じゃあ、イケメン高校の校歌、『なんだそれ！』どんな歌い出し？」

「そうじゃな〜、『髪をかきあげる〜ヤマトタケル〜♪』、こんな感じじゃろうか？」

くそう。

神様が答えていると思ったら、面白い……。

俺だ、俺だからこの神様キャラは扱えないんだ……。

「元に戻るには、どうしたらいい？」

「せっかく日本一なのに、戻ってしまうんかの？」

「戻らないと、俺はこのキャラは無理だ」

「もったいないのぉ。初めてじゃよ、願いごとを取りやめたいと言われるのは」

「仕方ないだろ。ありがたいけどさ、ありがたいけど。自分の力で面白くなるよ」

「そうか、ほな、パワーをとるぞい」

「うん」

神様は黙り込んだ。しばらくして僕の両手は自然と肩の高さまで上がり、徐々にエネルギーが奪われているのがわかった。これでいい。面白いは、人それぞれ。それを再確認できたただけでも収穫だ。

僕は必ず面白くなる。万人受け、ニッチ、どっちでもいい。誰かに深く刺さるほど、憧れられるほど、面白くなるんだ！　ここに誓う。

「必ず面白くなるからな！」

境内に向かって叫んだ。しかし神様からの返答はない。もしかしたら、もう会話できないのかもしれない。願いを叶えるシステムはよくわからないけれど、なんだかそんな気がする。

「ありがとな！　結果出してお礼参りに来るよ！」

そう言って振り返ったときだった。


「あれ、お前？」

急に話しかけられ、ドキッとした。目の前に立っていたのが、あの青柳さんだったからだ。

「お、お疲れさまです。七年目、ワンダフルメンチカツラリアットの桑原です。ご無沙汰してます」

「そうだ、桑原だ！　何してるの？」

「あ、えーと、その、神様にお願い……」

「近くまできたから立ち寄ったら、一人で境内で喚いてる奴いて怖かったんだよ。勇気持って近づいてみたら後輩かよ！　神社で大きな声出すなよ、ヤバイ奴かと思ったよ」

「すみません……」

僕が謝ると、青柳さんは大きな声で笑った。

僕は青柳さんが、僕を覚えていてくれたことが何より嬉しかった。

「お前も、ここ来てるの？」

「あ、はい。いつもここでお参りしてるんです」

「おお！　そうかそうか。俺もちょっと前まで、よく来てたよ。今は回数が減ったけど」

「そうなんですか！」

僕はなんだか恥ずかしく、知らなかったふりをした。

「特にライブ前は来るようにしていて、面白くなれますようにってお参りしてから、行くんです！」

「おお、いいじゃん。気合い入るよね！」

「はい！」

「でもここさ……」

「はい」

「安産の神様だよ？」

「え？」

一瞬で自分の顔が赤くなったのがわかる。

だから神様は「みんな安産や健康を願う」と言ったんだ。青柳さんは芸人としてというより、パパとして参拝していたんだ。

「ははは。でも普通、どんなご利益があるかまでチェックして神社に行かないよな」

青柳さんは僕の感情をすぐに理解し、フォローしてくれた。

「それに桑原さ、お前、面白くなることを神様なんかに頼らなくても大丈夫だよ。センスあるじゃん。コンビニのネタでレジ役やるとか、新しいアプリ考える漫才とか、いいところ突いてると思うけど」

「え？」

僕は最近のネタまでチェックしてくれていたことに驚いた。

「でも、オーディションでは落ちるし、何かが足りなくて……」

「何が足りないんだと思う？」

「構成力とか、大喜利力ですかね？」

「う～ん……」

青柳さんは少し黙った後、何かを思いついたかのように喋り始めた。

「ちげえよ、バーカ！　いるんだよ、お前みたいな奴。本当は悩んでるのに平気な顔して、雰囲気だけセンス出す奴。いつも逆張りして、僕はみんなとは違いますって感じを醸し出して。かと言って自分のフィールド以外で勝負するのはめっぽう弱い。お前なんか、辞めてくタイプの量産型あるある人間だからな」

さっきより顔が熱くなるのを感じる。

「うるせえ……」

「あ？」

「僕だって、自分なりに面白いと思うことを紡ぎだして、必死で相方と練習してネタやったり、大喜利頑張ったりしてるんすよ！　なんで売れてるからってそこまで言われないといけないんすか！」

「黙れよ、ザコ！　お前の自分なりとか、誰も救えねえよ、おもしろ自己中野郎！」

「黙れ。売れすぎなんだよ！　おもしろ性欲野郎！」

自分が泣きそうなのがわかる。しかし僕は憧れの先輩とはいえ、そこまで言われたことに腹の虫が治まらなかった。曲がりなりにも、七年間〝笑い〟というものに向き合ってきたプライドのようなものがあったのかもしれない。

青柳さんは少し黙って、笑いながら拍手をした。

「それだよ、お前に足りないもの。昔の俺もそうだったんだけど、面白さだけで勝負しすぎだ。時には感情を爆発させて怒ってみたり、叫んでみたり、泣いてみたり、もっと桑原の人となりを見せてみろ。そうすれば、必ずお客さんにもスタッフにも伝わるから。売れるって、現象じゃなくムーブメントなんだよ。お前の売れたいって思う気持ちに協力してくれる人が必ず現れるから。芸人は笑いを自在に操れる神様でもないし、お笑いサイボーグでもない。観客も人形じゃない。みんな人間なんだよ。桑原、叫べよ。全身で。お前なりの方法で」

青柳さんはそう言うと、神社に向かって二例二拍手一礼し、立ち去ろうとした。

「青柳さん、最後にひとつ聞いていいですか？」

「ああ」

「イケメン高校の校歌、『なんだそれ！』どんな歌い出し？」

『えーと、『俳優百人集まって〜♪』』

あまり面白くなかった。舞台で出してもややウケだろう。しかしそのあとの「いきなり出してくんなよ、後輩ぃ」というツッコミは最高に愛嬌があり、いい顔をしていた。


それから僕は青柳さんのアドバイスを意識しながらネタを作っている。過去のネタにもエッセンスとして怒りや憎たらしさをまぶすと、それまで取りこぼしていたところでもウケるようになってきた。

漫才を見た人の感想も、以前の「面白い」から、「憎たらしいけど笑ってしまった」「腹立つなあ」に変わってきた。コンスタントに若手ネタ番組に出られるようになり、夏には初めてロケの仕事が入った。

笑いの神様は、確かにあの神社にいなかった。だが僕は、全身で自分を表現することで、笑いの産める体にはなれたのかもしれない。

むかしむかし、
ある喫煙所に

ちょっと話、聞いてくれや。

――え？　なんですか？

最近、頭のおかしな奴によく会うんや。そいつらわけわからんことばっかり言うてくるから、ワシはいつも怒ったんねん。怒るというより、注意やな。相手のこと思ってやから。

この前、森の中でのことや。ワシ、手を滑らせてもうて、斧を湖に落としてしもうたんや。その瞬間、ブクブクブクって湖面が泡立って、中からおなごが出てきおった。きれいな子ぉやったけど、「あなたが落としたのはこの銀の斧ですか？　それともこの金の斧ですか？」って、わけわからんこと言うてきたから、注意したってん。

「普通の斧や！　金とか銀とか、ワシャ大富豪か」

「あなたは正直者です、褒美としてこの金の斧と銀の斧も差し上げます」

「いらんわ。荷物になるやろ！」

おなごは少し戸惑った顔をしながら、こう続けたんや。

「金銀を持って帰った人には、エメラルドもオススメです」

「いらん言うてるやろ。お前Ａｍａｚｏｎか！　これを買った人は、こちらも買ってますのやつか！」

「エメラルドを持って帰った人には、ベージュもオススメです」

「だから荷物増やすな。ベージュの斧とかきしょいねん」

「ベージュを持って帰った人には、スケルトンもオススメです」

「見えへんやないか。危ないわそんな斧」

「送料はあなた持ちです」

「なんでワシが払わなあかんねん。カード使えるかな？　言うてる場合か！」

「ちなみに私の名前は、小野です」

「どうでもええわ、はよ斧返せ」

「Ｏｈ，ＮＯ〜！」

「しょうもないねん、もうええわ」

こんな会話をしたんや。ワシが呆れて「もうええわ」って言うたら、おなごはまた湖に沈んでいきよった。斧はなくなるし、変な女には会うし、かなんわ。

ほんで驚いたんは、それから三日後や。新聞の一面に「女神、実在。斧返す」いうて、そのおなごの写真が載ってたんや。どうやら別の人の斧も拾ってあげたみたいやわ。あの湖、斧落ちすぎやろ。でもな、いくらなんでも女神は言いすぎやで。ワシの嫁はんの方が、べっぴんやわ。

兄ちゃん、そんなことよりタバコ持ってるか？

――いえ。

ないんかいな。景気悪いな。

他にもな、頭おかしい奴おるで。この前な、夜中の十一時頃、家に帰ってたんや。もうすぐ着くってときに、今度はマスクをつけた髪の長いおなごが話しかけてきた。

「ねえねえ、あたし、きれい～？」ってな。

もちろん注意してやったわ。

「きれいかどうかわからへんがな。マスクしてんのに！」

「あ、違うの。きれいか、きれいじゃないかで答えてほしいの」

「だから、わからへん言うとるやんか！　マスク取りや！」

「マスクはまだ取れないの、きれいかどうか答えてくれるまでは」

「知らんがなそんな謎のルール。なんであんたの口元を想像して、きれいかどうか答えなあかんねん。ワシャ超能力者か！」

「そんな難しいこと言ってないの。もっとシンプルに、きれいかきれいじゃないか、言ってほしいの」

「……目ぇは可愛いんちゃうか？」

「えっ。ありがとう」

「何を照れとんねん！　頭おかしいんか！　もう行くで」

「待って、行かないで」

「……なんやねん」

「あたし、きれい？」

「何回同じセリフ言うねん！　九官鳥か！」

「お願い、答えてよ。あたし、きれ……」

「あたしって言うな、わたしって言え。〝あ〟じゃない、〝わ〟や！　あたしって言うてええのは、十代・青春まっただなか女子だけや！」

「えっ。じゃあ、あたいは？」

「天真爛漫・江戸っ子職人女子や！」

「あちきは？」

「異次元アニメ女子や！　もしくは彼氏が〝おいら〟のやつや！」

「うちは？」

「関西人や！」

「はあ……」

「どないしてん？」

「一人称、難しいです……」

「いや日本語学習の八ヶ月目くらいで、言い方色々ありすぎて悩んで、Ｔｗｉｔｔｅｒでまとめてつぶやく外国人か！　〝わたし〟でええねん」

「わかりました」

「言うてみ、わたし」

「わたし」

「ええやないか。わたし、きれい？　はい」

「わたし、きれい？」

「もっと自信持って。わたし、きれい？　はい」

「わたし、きれい？」

「もう一回！　自分のものにせえ、はい」

「わたし、きれい？」

「おお、バッチグーや」

「じゃあ、初めからいくで。ワシがフラフラ歩いとる、そこにマスクしたあんたが、話しかけてくる。はいっ」

「あたし、きれい？」

「いや、元に戻っとるやないか！　もうえええわ」


ちょっと長なってしもうた。でも相手のためやと思っとる。なんの仕事しとるか知らんけど、これで取引先に「あたし」なんて言わなくなるやろ。普段から直しておかんと、くせになるからな。

結局、顔は見えへんかったけど、たぶんべっぴんな子やったと思うで。途中で、おでこを指でツンとしてやったときも、照れとって可愛かったわ。一回くらい「きれい」って言うてやっても良かったな。

この日は帰ってすぐ、嫁はんをめちゃくちゃ抱いたん覚えとるわ。

そういや途中で一回、男の悲鳴みたいなのが聞こえて中断したな……。あれなんやったんやろな。まあ、頭おかしい奴が発狂したんやろ。暮らしとると、そんなんいっぱいおるからな。

ほんまにタバコないんか？

——数本なら。

あるやないか！

一本くれや。

——他にも話、ないんすか？

タバコくれたら喋ったるわ。

おっ、おおきに。

半年くらい前の話や。冬の夜、誰もおらん街中で可愛らしいおなごがマッチ売っとったんや。「マッチは、いかが。マッチは、いかがですか。誰か、マッチを買ってください」ってな。

ストイックな商売やで。

「そこのあなた、マッチはいかがですか」

「ワシか？　そんなもんいらんわ」

「お願いします、このマッチを買ってください」

「いらんいらん。ライターあるし。ほら」

「……」

「なっ？　こっちの方が便利やねん」

「お願いします、マッチを買ってください」

「いらん言うとるやろ、しつこいな！」

「お願いします、マッチを買ってください」

「……お前、ここでずっとマッチ売っとんのか？」

「はい」

「どんだけストイックやねん！　売れへんやろ、マッチなんか」

「売れないです」

「当たり前や！　なんで売ってんねんこんなもん。お前の家、マッチ屋か？」

「違います」

「どないやねん！　マッチ屋じゃないのに、マッチ売ってるって。ほんでマッチ屋ってなんやねん」

「お父さんが売ってこいって……」

「どんな親父やねん！　ほぼ虐待やないか！」

「はい」

「自覚してんのかい！　なんか怖いわ。鳥肌立ってきた」

「それだけじゃなくって……」

「まだなんかあんのか？」

「売れない日は、役立たずといってぶたれます」

「怖すぎるやろ！　鳥肌がスタンディングオベーションや」

「なんですか、それ」

「気にせんでええねん。ほな、なんとしても売らなあかんがな」

「はい……」

「ほんで、ターゲットは絞ってんのか？」

「え？」

「え？　やなくて、絞らなあかんやろがい！」

「……」

「あんな、ワシみたいな汚いおっさんはな、全員タバコ吸うねん。だから火ぃ持ってるから、マッチいらんねん」

「……」

「って、オイ！　誰が汚いおっさんやねん」

「……」

「だから、マッチ持ってなさそうな人に売らなあかんわ」

「わかりまし……」

「わかってへん！　マッチ持ってない人も、道端でマッチなんか買えへんもん。だからな、マッチをほんまに必要としてる人に売らなあかんねん」

「わかりまし……」

「わかってへん！　マッチをほんまに必要としてる人なんか、この時代におれへんねん。唯一おるとすれば、タバコ吸いたいけど、火を忘れてもうて、かといってコンビニで百三十円出してまでライター買いたくない奴や。そんな奴見極めるの難しいやろがい」

「……」

「マッチ以外のもん、売った方がええで」

「マッチ以外……」

「どんなんが思い浮かぶ？」

「え……。イタリアの高級ブランド」

「そうそう、ＧＵＣＣＩの財布ありまっせ〜言うて」

「あだち充の漫画」

「タッチ全巻ありまっせ〜言うて」

「Ｐｅｒｆｕｍｅのボブ」

「ノッチ要りまへんか〜、あーちゃんとかしゆかは売らんけど、言うて」

「クロアチアのミッドフィルダー」

「モドリッチ、コバチッチ、ブロゾビッチどうでっか？　まとめて三百億でっせ〜言うて」

「あと〜」

「どんだけ出てくんねん！　最後、ミッドフィルダー売ってたやん。モドリッチ売りの少女ってなんやねん」

「だって、考えろって言うから……」

「あのな、ワシは真面目に言うたってんねんから、そっちも真剣に考えろや！」

「ごめんなさい」

「しばきまわしたろか！」

「やめてください！　どうせ帰ったらお父さんにぶたれるけど……」

「やめ！　悲しなるわ。ほんまにしばこう思って言うてないわ」

「……」

「あーあ、お前と喋ってたらイライラしてきた。ちょっと一服するわ」

「どうぞ……」

「あれ？　さっきのツッコミで動き回ってしもたから、ライター落としたみたいやな。あれ？　ないなあ、ライターあらへんわ」

「え？」

「ライターあらへんけど、コンビニで買うのもなあ」

「あ、あの……」

「なんやねん、人がライターないなあ～言うてるときに」

「マッチは、いかが。マッチは、いかがですか」

「なんや、お嬢ちゃん。買ってほしいんかいな？」

「はい！」

「はあ～、しゃ～ないなあ。ほなひとつ、くれるか？」

「はい、喜んで！　火はここでつけていきますか？」

「当たり前やろ！　タバコ吸うねんから」

「では、どうぞ」

「ふーーーー、はあーーーー」

「タバコ、美味しいですか？」

「最っ高や。お嬢ちゃんも大変やと思うけど、頑張らなあかんで。ほんでもう無理と思ったら、逃げてええからな。悪いことちゃうからな」

「おじさん、ありがとう」

「ほな今日は、これ持って帰り」

「え？」

「千円や。今日は、マッチぎょうさん売れたって言うたらええ」

「でも……」

「ええから」

「いや……」

「ええから、とっとき！」

「一本、三十万円なんです」

「さ、三十万？」

「はい」

「インプラントできるやないか！　もうええわ」

こんな感じやったかな。うろ覚えやけどな。ほんまおなごも頭おかしいし、親父も狂っとるで。まあでもワシは注意しただけやのに、喜んどったわ。

それから三ヶ月後くらいかな、春にまたそのお嬢ちゃんを見かけたんや。今度は昼間、駅のホームやった。大きい荷物、抱えとったわ。話しかけへんかったけど、あれはたぶん新生活やで。笑顔がキラキラしとったもん。勇気出したってことや。

あんたも嫌なことや辛いことあったら、「もうええわ」言うて終わらすんやで。魔法の言葉やから。

ああ、タバコうまかったわ。あの冬の夜、マッチで吸うたんには負けるけどな。ありがとうやで。ほな、もうあんたのタバコもないみたいやし、行くわな。

——あの、他にも話、ないんすか？

もうないで、話もこれだけや。聞いてくれてありがとうな。また仕入れとくから、聞きたなったら、この喫煙所においでな。タバコ忘れたらあかんで。

ああ、ワシか？　昔ちょっとだけ、芸人やってたんや。

テレビ？　んなもん出たことないない。ほなな。

僕はカバンから新しいマルボロを取り出し、一本吸って喫煙所を出た。斧と小野、鳥肌がスタンディングオベーション、ＧＵＣＣＩ売りの少女、インプラント……。スマホにはたくさんのメモが残っていた。

ネタの種は日常に潜んでいる――。養成所の講師が言っていたそんな言葉を思い出しながら、今日も僕はネタ合わせへと向かった。

しっくすん

島田紳助、明石家さんま、とんねるず、ダウンタウン、ウッチャンナンチャン、ナインティナイン、キングコング、オリエンタルラジオ……。

時代の寵児となった芸人たちには、名前に関するジンクスがある。それは、全員名前に「ん」が付く、ということ。だから、「売れている芸人には、〝ん〟がつく名前が多い」などと噂になったりもする。

私の担当に、そのジンクスの影響をもろに受けた芸人がいる。

彼の名は「んんんんんん」。

んが六つ。これで「しっくすん」と読む。

もともとは「飯田」という本名で活動していた。しかし売れる気配は一向になかった。舞台では常にスベりっぱなし。原因は練習不足や緊張だろう。担当マネージャーの私が言うのもなんだが、やる気が全く伝わってこなかった。

覇気もなく、それは見た目にも表れていた。背丈は百六十五センチくらいで、けっこうぽっちゃり。髪の毛にはいつも少しフケが付いていて、衣装もヨレヨレの私服に汚いスニーカーといった感じ。家から出て来た服でそのまま舞台に立っているようにさえ思えた。

表情にも問題があった。あまり笑わない。それどころかいつも眉間にシワを寄せて、イライラしているようにさえ見える。これではファンがつくわけがない。

事務所では、若手芸人には月に二回、二分ネタの出番を与えていた。そこで観客による投票を行い、上位に入ると、上のランクのライブに出ることが可能になり、出番は月に三回、ネタ時間も三分に増える。さらに上のランクに上がると、M－1やキングオブコントを見据えて、ネタ時間は五分になる。ここまで来るとコンスタントに仕事が与えられるし、芸人同士、互いに切磋琢磨するようになる。表情はギラギラと、あるいは虎視眈々と、そして目つきも変わってくる。

私は一番下のランクの芸人、いわゆる若手と呼ばれる約三十組を担当するマネージャーだ。スケジュールを整理してメールを送ったり、エキストラの仕事を振ったり、たまにあるテレビの現場に同行したりしている。

時間があれば、劇場に行って芸人たちが新ネタを試みているかどうかをチェックする。やり慣れたネタより、新ネタに挑戦した方が芸の幅も広がるし、自分の個性を知るきっかけにもなる。

だが、新ネタはどう転ぶかがわからないので、芸人たちは一様に緊張する。自信満々のクダリがスベったり、思いがけないところがウケたり。たまに舞台上の本人すら驚いているのを見ると、ネタって生き物なんだなと感じる。

過去のネタでも、ボケを付け足したり、普通のツッコミを例えツッコミに変えたりと、工夫をする芸人もいる。試行錯誤のあとを見たときはとても嬉しいし、しっかり自分の芸と向き合ってるなと感心する。少しでもウケよう、笑ってもらおうと、もがいているのだ。そんな姿を見ると、彼らを売れっ子にしたいと強く思う。

しかし「飯田」は別だ。全く頑張りが伝わってこない。しかも、いつ見ても同じ漫談。おまけに声は小さく、だらだらと喋っている。当然ながら、ウケない。ウケないから上に行けない。

若手芸人はモチベーションが下がると、次第に芸への情熱を失ってバイトに打ち込んだり、ギャンブルにハマったりしてしまう。自分には何が足りないのか、何に悩んでいるのかさえ忘れてしまう。そうなると、自分が不甲斐なくて、先輩に相談することすらできないとも聞く。そして悪循環が始まり、ついには見切りをつけて辞めていく。

飯田もどうせそんな芸人の一人だろうと思っていた――。

メールが来たのは突然だった。タイトルには「ご報告」と、妙にあらたまった文字が書かれている。そうか、ついに辞める決心をしたのかと思ったが、違った。メールの文面は次のような内容だった。

〈お疲れ様です。お笑いコース二十八期卒、飯田です。

このたび、芸名を変えたいと思い連絡させていただきました。

（旧芸名）『飯田』→（新芸名）『んんんんんん』

お手数ですが、登録の変更をお願いしまーす。〉

「んんんんんん」だと？　こいつ、ふざけてんのか？　それとも、最後の悪あがきか？　舞台に爪痕を残す勇気もないくせに、マネージャーの私に一発かましに来たのだろうか？　完全にナメきっている。

それにこいつは何もわかっていない。バカだ。他の芸人たちが少しでも自分を知ってもらおうと、どれほどの努力をしているのか理解していない。私たち裏方が、芸人を覚えてもらうために、どれほどの苦労をしているのか想像もできないのだろう。

んんんんんん、だと？

私はなんとか怒りをおさえ、とにかく事情だけは聞いてみようと、〈夜、電話します〉とだけ返信した。

「売れてる人には、〝ん〟がつく人が多いって、誰かが楽屋で言ってたのを聞いたんですよ」

なんて浅はかな奴だろう。「飯田」もどうかと思うが、「んんんんん」は論外だ。

「だいたいなんて読むんだよ、こんなの」

「しっくすんです」

「はあ？」

「んが六つなので、しっくす、ん」

「あのな、お前はそれでいいかもしれないけどな、他の人が読めないだろうが。舞台でＭＣが、出演者を読みあげるとき戸惑うぞ、こんなのを見たら」

「ちゃんと事前に言いますよ、そんときは」

「どうしても、んが六つがいいのか？　平仮名で『しっくすん』じゃダメなのか？」

「平仮名で書いちゃうと〝ん〟がひとつじゃないですか。それじゃ意味ないんですよ。僕、売れたいんで。〝ん〟を多くつけたいんです。実は『ふぁいぶん』と『しっくすん』で悩んで、しっくすんにしました。もし『ふぁいぶん』にしたら、僕みたいな考えの奴が出てきて、『しっくすん』を名乗られたら負けちゃうじゃないですか。だからあらかじめ手を打ったんですよ。僕にとっても賭けですけど、売れるにはこれしかないんですよ」

私が今まで見てきた飯田の中で、一番ハキハキと喋っていた。声も大きかった。そして一度も噛まなかった。

何より、これまでの飯田の話の中で一番面白かった。聞いたこともないようなアホなことを力説していて、少しは情熱も感じた。

まだ売れたいって気持ちを持っていることも嬉しかった。どうしようもない奴だと思っていたのに、心の中にはちゃんと闘志を秘めていたんだな。

「しっくすんでも、売れる保証はないぞ」

「売れますよ、〝ん〟が六個もついてるんで」

「お年寄りや子どもに優しくないと思うぞ」

「みんなが読めるくらい、有名になりますよ」

「まあ、運に乗っかりたいのはわかったけど、お前も頑張らなくちゃいけないぞ」

「もちろんです。正直、ダレてるところもあったので改めます。自分を変えるための、人生を好転させるための改名なんで」

「戻したくなったらいつでも戻していいからな」

「気に入ってるので、大丈夫です」

「本当にいいのか?」

「失うものないんで」

いい覚悟だ。鳴かず飛ばずの七年の下積み生活。それで出した答えだ。私もマネージャーとして、〝ん〟の羅列が正解か不正解か、見届けたくなってきた。

「ハウエルパウエル、炊いた肉、エナジーモンスター、しっくすん、タテヨコナナメ、五組続けてどうぞ～！」

ＭＣが若手を紹介し、ライブが始まった。改名して初めての舞台だ。すんなり読めていたので、事前にちゃんと説明したのだろう。

後半三組は私の担当芸人だったので、メモを片手にネタを見る。私がいることで緊張したらいけないので、舞台の袖に隠れて、黒いカーテンの隙間からそっと覗く。挨拶をするのはライブが終わったあとだ。

いよいよしっくすんの出番が来た。まず驚いたのは、見違えるほど見た目が変わっていたことだ。髪の毛はちゃんとワックスをつけ、うっすら伸びていたヒゲはきれいに剃られていた。衣装はシワのないシャツに蝶ネクタイ、下は短パンにサスペンダー。そのうえ、なぜかマントを羽織り、ザ・芸人といった格好で、明るく登場した。

「ど～も～、〝ん〟が六つでしっくすんです～ん。お願いします～ん」

変な喋り方に、お客さんが少し笑った。それにビックリしたのか、少し間が空く。

「……世の中ね、わかりづらいことってたくさんあるです～ん」

頑張れ。負けるな。

「ってまず、僕の名前がわかりづらいです～ん」

また少し笑った。その調子だ。

「しっくすんがわかりづらいと思うのは、ざるそばともりそばですん。ざるそばがざるに乗ってるなら、もりそばはもりに乗ってないとおかしいですん。なので今日は、ほんとのもりそば持って来たです〜ん」

しっくすんはそう言って、舞台袖にはけ、掛け声とともに登場した。

「ほんとのもりそば、これですん！　ほんとのもりそば、これですん」

しっくすんは魚を突くモリに、食品サンプルのそばを乗せていた。単なるダジャレなのだが、いざ目の前に出されるとインパクトがある。

「ほんとのもりそば、これですん！　ほんとのもりそば、これですん」

モリで何かを突く動作をしながら、ワンツーワンツーと、リズム良く中央まで戻る。

そばは接着剤か何かで、くっつけられているのだろう。

「ほんとのもりそば、これですん！　ほんとのもりそば、これですん」

そのしつこさがクセになって来たのか、お客さんは少し笑い始めた。

私も初めてしっくすんの芸を見てすこし笑った。

「ほんとのもりそば、これですん！　ほんとのもりそば、これですん」

必死で考えたんだな。やるじゃないか。

「しっくすん、他にも、わかりづらいと思うのありますう〜ん。たこ焼きと明石焼きですう〜ん。

見た目が似ててわかりづらいです〜ん。でもそれより、もっと難しいものあります〜ん。なんだと思いますん？　ざるそばともりそばです〜ん」

お客さんはしっくすんが何をしようとしてるのか察知し、再びクスクス笑い始めた。

「ほんとのもりそば、これですん！　ほんとのもりそば、これですん」

しっくすんはときには舞台を駆け回り、時には最前列のお客さんにめいっぱい近づき、奇妙なもりそばをアピールし続けた。

「ほんとのもりそば、これですん！　はいみんな一緒に、ほんとのもりそば、これですん！」

誰も何も言わなかったが、なんだか幸せそうだった。舞台を楽しんでいた。やっぱり担当する芸人が生き生きしている姿を見るのは気分がいいものだ。

「ほんとのもりそば、これですん！　ほんとのもりそ……」

そのときだった。モリの先に付けられたそばが客席に飛んでいった。

ハプニングだ。客席からは悲鳴が上がった。粘着が弱かったのだろうか？

しっくすんはどうすることもできずに、ただ茫然としていた。

静寂に包まれる。

数秒後、しっくすんは思いも寄らない声を上げた。

「頑張って作ったのに！」

キョトンとするお客さん。

「ネタも小道具も、徹夜したのにい！　冗談じゃないよ！」

しっくすんは取り乱し、大声で叫んだ。完全にパニクっている。

「練習もたくさんしたのに。芸名も変えたのに。俺はダメだ、ダメダメだ。なんでいつも失敗するんだ！」

あまりに幼い。そんなこと言うな。設定から降りるな。頑張れ。最後までやりきれ。

「くそお、ここからって時にい！」

そのとき客席から、落としたそばが投げ返された。しっくすんはそれをキャッチしようと走った。そしてマントにつまずき、豪快に転んだ。

「いてえ、いってえ」

しっくすんの滑稽な姿を見て、客席からは大きな笑いが起きた。

「笑ってんじゃねえ。大人が転げて、何が面白いんだ！」

その言葉に、さらに観客が笑う。

「だいたいそばを、投げ返してくるんじゃねえ！　食べ物を粗末にするなって習っただろうが」

お前だよ、とおそらく会場の誰もが心の中でツッコみながら、笑っていた。

しっくすんがそばに走って近づくと、再びマントに足を取られた。

「くそ！　なんでマントなんかしたんだよ、俺は！」

しっくすんはマントを外し、投げ捨てた。その動作でシャツがめくれて腹が出た。モリを持ったその姿は漁師の師範代みたいで、再び笑いの渦が起きる。

「もおおお、笑うな笑うな笑うな！」

客席にそう叫んだ瞬間、舞台の電気が消えた。時間切れだ。

客席からはその日一番の拍手と笑いが聞こえた。涙を拭いている人もいた。必死に怒る滑稽な姿が、客の心を完全に射止めていた。

次のコンビの出番になっても、客席は異様な雰囲気のままだった。あんなに荒らされたあとで、やりづらかったのだろう。ネタは面白かったのに、ややウケで終わった。完全にしっくすんの空気に飲まれていた。


それから芸人たちは舞台に再び呼び込まれ、客の投票が始まった。そのあいだ、ＭＣに「すごかったねえ〜」と話を振られたしっくすんは「冗談じゃないっすよ！　練習したのに」と、まだ喚いていた。

結果発表。しっくすんは一位だった。彼はまたもや客席に「あんなネタのどこが一位だよ！」「てめえら、次の出番も見にこいよ。ちゃんとネタやるから！」などと叫び、客席は再び笑いに包まれた。確かに芸と呼ぶようなものではないが、彼の人間力なのか、つられて私も笑ってしまった。

しかしこのライブでのしっくすんの快進撃は、単なる序章に過ぎなかった。本当の〝ん〟が招いた物語はここから始まるのだ。

二日後、メールが届いた。差出人は、某テレビ局のディレクター。どうやらこの前のライブを見に来ていたらしく〈喚いていた彼、最高でした〉と書かれていた。改名して初めての舞台をテレビ関係者が見に来ていただなんて、なんという強運だろう。

何度かやり取りをするうちに、しっくすんをドッキリのターゲットとして起用したいと言い出した。確かに、あんなに怒って喚いて、笑いをとれるならドッキリのターゲットにぴったりハマりそうだ。仮に失敗しても良い経験にはなるだろう。

問題はスケジュールだった。収録日が、しっくすんの次の舞台とかぶっていた。もしかしたらリベンジを兼ねて、必死で練習しているかもしれない。お客さんに「次も見にこい」と言っていたし……。

しかし私の心配をよそに、しっくすんは秒でテレビを選んだ。「テレビで結果を出せば、見に来てくれるお客さんも増えるから」と、真っ当なことを言った。

私はドキドキして当日を迎えた。なぜなら、しっくすんは『若手ネタ１００連発！』という番組の収録だと思ってテレビ局にやって来るからだ。そして急遽、「他の若手芸人のスケジュールが押さえられたため、出番がなくなった」と告げられる。スタジオでは楽屋の様子をモニタリングすることになっている。

しっくすんは楽屋に入ると、机の上に大きなカバンをドスンと置き、畳の上で仰向けになった。完全にリラックスモード。ふつう若手芸人の出演が多いときは、大きな会議室を楽屋として使い、すし詰めにされるものだ。個人の楽屋など用意してもらえない。しかし、しっくすんは初めてのテレビ局ということもあり、そんなことには気付く様子もなかった。

スタジオではドッキリ番組の本番が始まり、「今はこんな様子です」と若手芸人の楽屋が次々と映し出された。ネタの練習をしているもの、衣装に着替え身だしなみを整えているもの、音楽を聴いているものとさまざまだ。

カメラが切り替わって、しっくすんの部屋が映し出された。そこにはパンツ一丁で大いびきをかいて爆睡しているしっくすんがいた。MCの東田さんは「誰やあいつ!」と大爆笑。ゲストの女優は悲鳴をあげ、中堅の芸人が「劇場の楽屋なんて、あんなんだらけですよ」と笑いを誘う。さらに「んんんんん」の表記と、テレビ初出演というプロフィールが読み上げられ、スタジオはしっくすんに興味津々となった。本人は熟睡中で何も気がついてないけれど、ツカミは上々だった。

ネタバラシが始まった。番組スタッフとともに、各担当マネージャーが若手芸人に「出番がなくなった」と告げていく。リアクションはうなだれるもの、怒りの声をあげるもののどちらかに分かれた。そして最後にカメラが入室し、ドッキリの企画だと気づかせる。若手はドッキリだとしてもテレビに出られると知って、少しホッとした表情を浮かべる。

スタジオでは「なんちゅう番組や、若手の夢で遊ばんでくださいよ」と、東田さんのツッコミが入り、さらに笑いが起きた。視聴者から来るかもしれないクレームを見越して、先手を取っておこうということなのかもしれない。

いよいよ、しっくすんの番だ。私はディレクターとともにしっくすんの楽屋に入った。彼はまだ寝ていたので、軽くビンタをすると「わわわ、へ？　へ?」と目をパチクリして起き上がった。最高のリアクションだ。スタジオでもウケているだろう。

そして私の顔を見てなぜか「ぶどう、ごちそうさまでした」と言い、頭を掻いた。なんの夢を見ていたのだろうか。完全に寝ぼけている。私は申し訳なさそうな表情を作り「出番がなくなりました」と告げた。

「実はゴリラ兄弟が本命で、しっくすんは補欠でした」

悲報を耳にしたしっくすんは、怒りもせず、ふてくされもせず、ただ「次もぶどうで、お願いします」と呟き、再び寝始めた。なんだこいつは。寝ぼけているのか？　意味がわからない。これではネタバラシができないではないか。

私はいったんスタジオに戻るようにADから指示を受けた。どうやらもう少し観察してみることになったらしい。しっくすんのせいで台本が変わってしまったのだ。私が頭を下げるとディレクターは笑っていた。

番組は若手のコーナーが終わり、大御所俳優へのドッキリVTRが放送された。

数十分後、東田さんの「そういや、あいつどうなってんねん」の一言で、再びしっくすんの楽屋が映し出された。だがそこに、しっくすんはいなかった。馬鹿野郎。大事なときにどこにいったんだ?

すぐさまスタッフが探しに走る。私も喫煙所にいるのではと考え、すぐに向かった。ドッキリのカメラも私に付いて来た。

スタジオ近くの喫煙所にはいなかった。楽屋近くの喫煙所にもいなかった。まさか、勝手に帰ったりしてないよな?

そのとき「どうなってんだあ!」と、しっくすんの声が聞こえた。声の方に急ぐと、オートロックの楽屋から締め出されたパンツ一丁のしっくすんが、廊下に仁王立ちしていた。両手には、大量の焼肉弁当を抱えている。おそらく局が用意した弁当だが、なぜこんなにたくさん持っているのだろうか……。

さらにADから指示が入る。一部始終を見ていた東田さんが爆笑し、なんとスタジオに呼ぶよう言っているらしい。私はしっくすんには何も説明しないまま、とにかくスタジオに連れて行った。

到着するだけで、スタジオには笑いが起きた。すぐさま「しっくすん、君、なんやねん。全然引っかかってくれへんやんか」と東田さんがツッコむ。しっくすんは依然、ドッキリの番組とは理解していない様子だ。そして初めて目にする大勢の芸能人や大物の先輩に、少し物怖じしているようにも見えた。

「君、説明が足りひんわ～。こっち来て、説明してや、全部」と東田さんが続ける。

本来は楽屋だけで終わるはずだったのに、スタジオに呼び込まれるとは……。しかも、しっくすんは番組セットのど真ん中に立っている。奇跡か？

パンツ一丁のしっくすんは弁当を抱えたまま、質問に答える形で喋り始めた。全てのカメラがしっくすんを抜いていた。

曰く、バイトで欠員が出てしまい、入り時間の二時間前まで、あるビルを警備していたらしい。そして一度帰宅し、衣装を取って楽屋入りするも、あまりの眠さに仰向けになったら寝てしまっていたと言う。一度目のカメラの突入シーンはほとんど覚えておらず、「ぶどう」の意味もわからないらしい。

しっくすんが起きたときは、スタジオでは別のコーナーの収録中。そんなことも知らずに楽屋に置いてあった弁当を食べ、それでもまだお腹はいっぱいにならず、他の出演者の弁当が余っていたら分けてもらおうと楽屋を飛び出したそうだ。服を着るのも忘れて。

「オートロックだなんてあんまりですよ！」

しっくすんは叫んだ。不運が重なったエピソードに、スタジオは終始笑いに包まれていた。

しっくすんは結果的に弁当はゲットできず、人の目を盗んで積んであったものを勝手に取ったらしい。東田さんが「君、泥棒やん！」とツッコむ。

するとしっくすんは「腹が減ってはネタができないっすよ」と、いけしゃあしゃあと自己正当化した。あまりに理不尽な論理。ゲストの女優さんは信じられないといった顔で、あんぐりしている。

しかし、そんな人間性をも面白がってくれるのが芸人だ。東田さんは、自分が若手の頃、腹が減りすぎてネタに集中できなかったエピソードを披露してフォローしつつ「でも君、すでにひとつ食べてるやん。がめついわ〜」とオトした。しっくすんが「余った分は持って帰るつもりだった」と暴露すると、「ただの食いしん坊やん」と応酬が続く。

最後に、ドッキリ番組であることがバラされると、しっくすんは少しキョトンとし、「初めてテレビでネタができると思ったのに」と目を潤ませた。かなり練習をしていたらしい。東田さんが「ごめんな」と笑いながら謝ると、しっくすんは「クソ番組じゃないか！」と言い放った。番組全体への最高のツッコミとなり、スタジオはさらに笑いに包まれたが、しっくすんの目は本気だった。この番組に懸けていたのかもしれない。感情が高まったのか、涙がこぼれていた。「ネタやらしてくださいよ」と泣き叫ぶしっくすんに東田さんは笑いながら、再び「ごめんな、ごめんな」と、赤子をあやすように謝り、「焼肉食べよ、焼肉」と弁当の箱を開けた。しっくすんは泣き笑いしながら、大きな口を開けて焼肉と白米を頬張った。哀愁のある、なんとも言えない表情だった。少し乾いた涙がスタジオの照明に照らされていた。

予想の斜め上すぎる展開に、収録は大成功だと思った。だいぶ前から、ディレクターもずっとOKサインを出していた。撮れ高は十分なのだろう。バラエティでは収録が台本通りに進むことは少ないが、無名の芸人がこんなにピックアップされる結果になるとは思いもしなかった。

一週間後のオンエア当日。しっくすんの場面は、ほとんどカットされずそのまま放送された。

同時刻、SNSは大いに盛り上がった。しっくすんに同情するもの、その怠惰な姿を叩くもの、名前をいじるもの、本人の知らないところでさまざまな投稿が見られた。番組の動画は切り取られて拡散され、トレンドに入り、番組を見ていない人もしっくすんを知ることになった。

上司からも「あいつおもろいやん！」とメールが届いた。しっくすんが会社の上層部に初めて存在を知られた瞬間だった。

そして何より驚いたのは、しっくすんの食べっぷりとその表情を見て、他局から「グルメロケで使いたい」とオファーが来たことだった。これも改名の力なのだろうか……？

しっくすんの仕事は順調に増えていった。グルメロケでは商店街のひとと触れ合い、その姿を見て旅番組からオファーがあった。

旅番組ではハチャメチャな英語が話題になり、クイズ番組に呼ばれた。そこでおバカキャラが発覚し、なんども使ってもらえるようになった。

もちろん同時並行で、ドッキリ・グルメ・旅番組などにも出続けていた。

驚いたのが、彼に求められているキャラクターだ。ネタのときのような変な喋り方は、一切していなかった。何も計算せず、ただ美味しそうに食べ、地元の人と笑って喋り、クイズに真剣に答えるだけでオンエアを勝ち取っていた。もちろん周りの方のツッコミがあって成り立っているのだが、全てがうまくいっていた。

さらにしっくすんの目つきの悪さもうまく働いていた。多少怒っても、悪口を言っても、「そんなことを言いそうな奴が、言った」だけなので、ほとんど叩かれることもなかった。反対に良いことをすれば、「性格が悪そうに見えるのに、実は良い人」のような効果を生み出し、好感度が上がった。

極め付けは、毎度何かのハプニングが起きることだった。そのおかげで撮れ高には困らなかった。

しっくすんの地元に行く企画があった。思い出を語りながら街を歩き、よく通ったというゲームセンターや塾にも行った。最後に「そういや山のふもとに、タイムカプセルを埋めた」と言い出した。どうやらクラスのものとは別に、一人で埋めたものがあるらしい。中にはガラクタしか入っていないらしいが、掘り起こしてみようということになった。

しかし場所がうろ覚えだったため、夕方になってもカプセルは出てこない。穴は広がり、スタッフも含めて大人四人がかりで掘り続けた。時間切れかと思ったその時、水が出てきた。それが原因で掘りにくくなり、企画は中断。最後のコメントを撮っていると、あたりには湯気が立ち込めた。なんと出て来たのは、温泉だったのだ。これには自治体の職員や消防隊も呼ぶことになり、大騒ぎになった。後日、大手リゾート会社がそこに進出することが決定し、しっくすんは観光大使に選ばれた。

どの出演番組も「神回」だと噂になり、切り取られた動画は投稿サイトで百万回を超える再生数を叩き出した。

同様に、しっくすんがどんな行動をしてもさらなる仕事が舞い込んできた。

バンジージャンプに挑戦させられ、泣きわめく姿を見てサスペンス映画の人質役が決まった。ロケ中、オリジナルの鼻歌を歌っていただけで、大物プロデューサーに目をつけられ、歌手デビューにも繋がった。プライベートで、ジムで走る姿が盗撮され、歯を食いしばってる姿が視聴者の心を打ち、二十四時間マラソンも決まった。

初めてテレビに出演してから、半年。しっくすんは破竹の勢いでスターダムを駆け上がっていった。あらゆる方面に引っ張りだこで、国民の大多数が「んんんんん」をしっくすんと読むことができるようになった。事務所では稼ぎ頭の一人になり、業界では「しっくすんを出演させときゃ、なんとかなる」と語られるほどだった。

もはや〝ん〟のジンクスは本物だと言わざるを得ない。なんたってネタをしたのは最初の一度だけ。それから全ての仕事が芋づる式に繋がっていったのだから。そんな芸人、聞いたことがない。

事務所から私に通達が来たのはその頃だった。「戦略室に異動してもらいます」と。


それから三年が経った。しっくすんの登場を分水嶺に、芸能界、とりわけ芸人界では、目まぐるしい変化が起きた。年表を書くなら「しっくすん前、しっくすん後」に分けられるほど、世界は一変した。

私が異動したのも、彼が売れたことがきっかけだった。敏腕マネージャーとして認めてもらえたあと、社運を左右するようなポジションを任された。そこでいくつかのプロジェクトに関わったあと、執行役員になった。

そんな私のところに久しぶりにしっくすんがやって来た。「仕事をよこせ」と血相を変えて。

「仕方ないんだ。こればかりは。悪く思わないでくれ」

「仕方なくねえよ。オリジナルの俺が損をするの、おかしいだろ」

「確かに、マネージャーの頃は担当芸人を売るのが仕事だった。だからお前を含め、みんなに仕事を振ったさ」

「いや、俺は自分で仕事を取ってた」

「……まあ、確かに。しかしな、戦略室に異動すると事務所がより大きくなるための方向性を考えるのが仕事だ。俺は与えられた仕事をしたまでだよ」

「あんた、もうちょっと情にアツい人だと思ってたよ」

「お前に実力があれば、芸一本で食えていたはずだ」

「本気で言ってるのか？」

「いや……」

私がなんと答えていいか迷ったときだった。「探してたんですよ」と、もう一人やって来た。

「んんんんんん」だった。もちろん〝せぶん〟と読む。

彼はしっくすんの仕事を全て奪った。いや正確に言うと、奪ってはいない。

〝ん〟の魔力なのか、オファーは全てせぶん宛てに来るようになった。

「仕事くださいよ」とせぶん。

「そうだ、何かくれよ」としっくすん。

せぶんが出て来たときは喧嘩ばかりしていたのに、もはや団結してやがる。私を共通の敵にしているのだろうか。

「二人とも、いい夢見ただろ？　芸能界の」

「一瞬じゃ意味ないんだよ」

「一生やりたい仕事なんです」

残念ながら、どうすることもできない。そう告げようとしたとき、「お前らはいいじゃねえか、一瞬でも売れたんだから」と、〝えいとん〟までやって来た。

彼は〝えいとん・ないん〟という漫才コンビの一人。しっくすんが売れ、せぶんが続いたのを見て、すぐにコンビで改名した。しかし、ないんばかりに仕事が集中してしまったのだ。えいとんは日の目を浴びることすらなかった。

その頃、社内では毎日のように会議が開かれていた。〝ん〟が多けりゃ多いほど仕事が集中する現象に、会社としても釘付けだった。

そしてすぐに若手の一人を〝んんんんんんんんん〟に改名させて売り出した。初めて会社としてプロデュースした芸人、〝てん〟だ。

彼は今までにないくらい会社にプッシュされた。バラエティ・ロケ・旅番組・ネタ番組・ドラマ・スポーツ中継など、ありとあらゆる仕事のオファーが彼に殺到した。取り組みとしては順調に思えた。

だがすぐに不測の事態が起きた。他の事務所から〝いれぶん〟が出て来てしまったのだ。

そうなるともはや収集はつかない。〝とぅえるぶん〟〝さーてぃーん〟〝ふぉーてぃーん〟と、すぐに〝はんどれっとん〟まで、ピン芸人が乱立した。その登場スパンはどんどん短くなり、例えば午前に〝せぶんてぃーふぁいぶん〟を見かけると、午後には〝せぶんてぃーしっくすん〟がデビューしていたこともある。

各事務所が〝ん〟を奪い合っていた。この現象はすでに売れていた芸人たちにも影響し、みんな生き残りをかけて芸名を変え始めた。そして今日のような状態になり、事態は収拾された。

テレビを付けると、MCの〝むげん〟が質問をして、ゲストの〝むげん〟が答え、〝むげん〟が出ているVTRを、〝むげん〟が見ていた。もちろん画面に写っているのは一人だ。〝むげん〟にしか仕事が来ないのだから、仕方がない。

もはや日本の芸能界に、売れている芸人は、〝んん

んんん
んんん
んんん
んんん
んんん
んんんんんんんんんんんんんんんん……∞〃しかいないのだ。

「でも、食えてるんだろ？」
　私が問うと、しっくすんは頷き、せぶんもえいとんもそれに続いた。事務所の収入は今、〃むげん〃のテレビギャラに支えられている。彼が稼いだものを、全芸人で山分けしているのだ。こうなった罪滅ぼしに。

スケルトン

「やべえ、やっべえ」

そう叫びながら、相方が顔を真っ青にして走ってきましたよ。

私は何事かと驚きました。だってM－1三回戦の、出番十分前ですよ?

「に、忍者、同じ、同じのやってた」

「ちゃんと喋ってくれないとわからないですよ。どうしたんですか?」

「俺らと同じ、同じ忍者のボケ」

「えっ。巻物を、とと、トイレットペーパーにするってボケですか?」

「そう、そうそう。三回くらいやってた」

私たちは、今年はそのボケをなんどもなんども繰り返す漫才をするつもりだったんですよ。

それがまさかのネタかぶりだなんて。最悪ですよ。三回戦はそのボケに懸けていたのに……。

今年も三回戦敗退なんて、冗談じゃないですよ。

「どど、どうする?」

「どうするって言われましても……」

「と、とりあえず見に行く?」

「行きましょう、行きましょう」

舞台袖へ急ぐと、もうそのコンビのネタの最後でしたよ。『いや、トイレットペーパーしつこいねん、もうええわ』と言ってハケて来ましたよ。『しつこいねん』ってことは、何度も繰り返したに違いありません。最悪ですよ。

お客さんはまあまあ笑っていたので、彼らは三回戦を通過するでしょう。もちろん私たちはピンチですよ。コアなボケがかぶるなんて……。

「どど、どうする?」

相方はテンパっています。私は「ネタを変えましょう」と提案しましたよ。決断は早い方がいいって、何かの本で読んだのを思い出したんですよ。

「か、変えるって?」

「獣医のネタなんてどうでしょう?」

「に、二回戦と同じのをやるってこと?」

「他にありますか?」

私がそう言うと、相方もしぶしぶ頷いてくれました。

仕方ありませんよ。意気込んで、同じトイレットペーパーのボケで戦いを挑んだところで、お客さんが笑わなかったら終わりですから。

獣医のネタは最近よく劇場でやっているので、セリフだけ確認すればなんとか披露できそうですよ。

しかしここで、さらなる悪夢が私たちを襲いましたよ。舞台袖から楽屋へ戻ろうとしたときですよ。

『いや〜僕ね、憧れてる職業がありまして、獣医なんですよ』

『あ〜獣医はかっこいいね〜』

と、声が聞こえてきましたよ。私は相方を呼び止めて、しばらく漫才を聞いていましたよ。

獣医という設定が同じなだけで、全く違うボケの可能性もありますから。

『今日はどうしましたか？』

『うちの子が、熱があるみたいなんです』

『では診てみましょう』

『よかった。ほーちゃん、もう大丈夫だからね。先生に診てもらえるからね』

『え、これ？』

『ホタテのほーちゃんです』

『貝は専門外やわ！』

信じられませんでした。私たちは、牡蠣のかーちゃんを動物病院に連れていくネタなんですよ。ほぼ同じですよ。冗談じゃないですよ。私たちのネタをパクったとしか考えられませんよ。

いいかげんボケやツッコミにも著作権をつけてほしいですよ。私はそんな話をマネージャーにしたことがありますよ。でも全く相手にされませんでした。だから、事務所の社長にも電話して訴えましたよ。それでも相手にされませんでした。

そこで思いきって、文部科学省に嘆願書を出しましたよ。半年も経つのに、返事はまだ来てませんよ。全く、なんのために税金を払ってるのか。音楽や映像の著作権ばかり保護して、この国はどうなってるんですか。あと一ヶ月経っても返事が来なかったら、一人でデモ行進してやりますよ。


『先生ひどい！　ひどすぎる！　それでも医者ですか！』

『そう言われましても……』

『ホタテのほーちゃんも、シジミのしーくんも、ムール貝のムルさんも、私の大事なペットなんです』

『無理なものは無理ですよ……』

『じゃあ、聞きますけど、先生にとって貝ってなんですか？』

『食べもの』

『え？』

『食べもんやーー。さっきから聞いてたらなんやねん。動物病院に貝ばっかり連れてきて。全部炙って食うたろか！　ほーちゃんもムルさんも美味しそうやのう！』

ここは私たちにはないクダリでしたよ。面白くて、かなり笑ってしまいましたよ。相方に見られないように、必死に腕で口を押さえましたよ。このボケとツッコミ、そのままパクりたいですよ。

彼らはめちゃくちゃウケていましたよ。大きな拍手が起きていましたよ。私たちより面白いじゃないですか。

爆笑とともにネタが終わると、私たちの出番まであと二組。相方を見ると「どうする、どうする？」と震えていますよ。そんな弱気な姿を見ると、なんだか腹が立ってきましたよ。ネタ書いているのはお前だろって思いましたよ。ちなみに私は一本もネタを書いたことがありませんよ。一行も思い浮かばないんですよ。

「他に、なんかやりたいネタないですか？」

私は相方にダメ元で聞きましたよ。自分たちのネタ事情は知ってますから。

「う〜ん……。整形のネタか、イタズラ電話はどうかな？」

「ウケますか？」

「わからない」

「ウケないと勝てないですよ？　私は合格したいんです」

相方に念押ししました。私は本気ですよ。

それから緊張のせいか水を飲みすぎて尿意がすごいので、トイレに行きましたよ。すると清掃中でした。なんでこんなタイミングで掃除するんですか。信じられませんよ。

いつも悪いのは周りですよ。他人や環境ですよ。私は何も悪くないですよ。

私の好きな自己啓発本にはね、『人のせいにするな』とか書いてありますよ。でも、しますよ。だって本当に周りが悪いんですから。


やっと別のトイレを見つけて用を足し終わり、舞台袖に戻ると、二つ前のコンビの漫才の終盤でしたよ。相方を見るとしゃがみ込んで、まだ震えていましたよ。

「何してるんですか。早く、練習しましょう！」

「お前、トイレなんか行くなよ！　次の次だぞ！」

相方が意味不明な怒り方をしてきたので、私もさすがに我慢できませんでしたよ。

「わかってますよ、だから行ったんですよ。舞台上で漏らしたらどうするんですか。あなた責任取れるんですか？　責任取れないなら何も言わないでくださいよ。本番前に信じられませんよ。それにあなたが今、私に文句を言うことによって、関係性が悪くなるじゃないですか。私は舞台上であなたのボケに笑ったり、ツッコんだりしないといけないんですよ？　もっと私のメンタルを考えてくださいよ。あなたのセリフだけなら一人でも練習できるじゃないですか。今練習できなかったことを、私のせいにするのもいい加減にしてくださいよ」

ほら、また悪いのは周りですよ。

私は相方を叱りました。相方は何も言わず聞いていましたよ。そのあと、大きなため息をついてましたよ。自分の間違いに気がついて反省しているんだと思いますよ。

「あー、もういい。どうする？」

しばらくして相方が言いました。語気が強めでしたよ。その調子です。前のコンビにネタをパクられた恨みを、漫才にぶつけるんですよ！

『いや目ぇ百個もいらんねん。もうええわ』

二つ前のコンビのネタが終わりましたよ。相方は震えながら「詰んだ」と言いましたよ。

「諦めないでください。早く、セリフの確認だけでもしましょう」

私は相方を奮い立たせましたよ。彼はコンビのエンジンなんです。私はただの添え物ですから。

「違うんだよ。また設定かぶってた」

「は？」

「整形のネタもダメだ」

信じられませんよ。私たちのネタは、『整形して目を一つ増やすなら、どこに増やす？』ってテーマですよ。今のコンビは『妖怪・百目になりたい』だったようですよ。なんなんですか。目が百倍多ければ、百倍面白いに決まってるじゃないですか。比べられたら、私たちが負けるに決まってますよ。

もうイタズラ電話のネタしか残っていませんよ。これはあまり面白くないけれど、もう全力でやるしかありません。相方は気に入ってますが、私はいつも「面白くないなあ」と思いながらツッこんでいますよ。もちろん舞台上でそんな顔はしません。私だってプロですから。

そして私が覚悟を決めたとき、事件が起きましたよ。

『ど〜も〜、ボンゴレビアンコです。お願いします〜』

『いきなりだけどさあ。イタズラ電話ってうざくね？』

もはやタタリですよ。神様、何を考えてるんですか。あまりにも酷い仕打ちですよ。

私は他にできるネタがないか、慌ててスマホを探しましたよ。その瞬間、今月のギガの上限がきましたよ。コンビのネタは全部クラウドに入れてあるので、もうファイルを開くこともできませんよ。相方はスマホを楽屋に置いてきていましたよ。完全に死亡フラグが立ってますよ。もう舞台に出て行きたくないですよ。敵前逃亡したいですよ。

焦っているあいだに、前のコンビのネタが終わりましたよ。すぐに出囃子がなりましたよ。相方の手は震えていましたよ。私は心の中で「メンタル、メンタル」と呟きましたよ。

その時相方が、ただ、「ツ、ツッコんでくれ」と言って、歩き出しましたよ。完全にテンパってますよ。何のネタをするかも決まってないのに、どうツッコむんでしょうか。

私も仕方なく相方のあとに続きましたよ。足が震えてるのが自分でもわかりますよ。歩くときの微かな向かい風が、とてつもない逆風に感じましたよ。

「ど〜も〜、私たちジョウノウチとタジマで、プランクトンといいます。覚えてくれたら嬉しいです」

私はなんとか自己紹介をしましたよ。お客さんは私たちの事情など何も知らないので、普通の顔をしてこちらを見ていますよ。私たちは武器ゼロの丸腰なので、そんな目線が辛いですよ。『面白いことを言え』といった目で見ないでくださいよ。これから三分間、どう過ごせばいいんですか。

「キエエエエエエエエ〜」

相方は叫びましたよ。これはいつも通りですよ。私たちのネタは叫ぶところから始まるんですよ。その方がお客さんはビックリするし、注目しますからね？　これは私が考えたんですよ。思いついたときは自分の才能に震えましたよ。

「どうしたんですか、急に叫んだらみっともないですよ」

ここまでは、いつもと同じですよ。問題はここからです。ちなみに相方の叫びでは、お客さんはくすりとも笑いませんでしたよ。賞レースの客は厳しいですよ。

「えっと、どうしよう……」

信じられません。どうしようなんて、舞台上で言ったらダメじゃないですか。しかもネタじゃなく、マジのトーンで。一体何を考えてるんですか！

「どうしようって、何がですか。タジマさん、なんか悩みでもあるんですか？」

そう返すのが精一杯でしたよ。相方の目を見ると、すごく泳いでいましたよ。

「ああ、悩み、悩み、悩みかあ……」

なんですか、その答えは。お客さんが困惑するからやめてくださいよ。

「悩みかあ、ってなんですか。あなたみたいな人、悩みがあるに決まってるでしょう。売れてない芸人なんて悩みの宝庫ですよ。悩みが服を着て、歩いてるようなもんじゃないですか」

これが限界でしたよ。思いついたことを全て口から出し、まくし立てましたよ。

「あ、じゃあ、ジョウノウチの悩みは？」

信じられませんよ。いきなりキラーパスが来ましたよ。私が何をしたっていうんですか。責任をなすりつけるのはやめてくださいよ。あなたが早くボケてくださいよ。

「あなたの悩みを聞いてるんですよ。普段、悩んでることを言えばいいんですよ。恋愛ですか、ダイエットですか、お笑いですか、全部ですか？」

「ぜ、全部……」

「何をガチで答えてるんですか。全部なんて三分間で処理できませんよ。でもこれは『全部』なんて選択肢を出した私も悪いですね。いや、悪くないですよ。さっさと答えていればこんなことにならなかったんですよ。だからあなただけが悪いですよ」

お客さんは黙って私たちのつまらないやりとりを見ていましたよ。もう逃げたいですよ。死にたいですよ。いっそ殺してくださいよ。

「今日はダイエットの悩みだけでも、優しい私が聞いてあげますよ。食べすぎなんじゃないですか？　あなたの好きな食べ物を教えてくださいよ。そこから直していきましょうよ」

私は頑張りましたよ。でもすでにかなりの時間を無駄にしたので、とてつもなく減点されているに違いありませんよ。受かりたい気持ちより、早く逃げたい気持ちが勝ってますよ。もはや息苦しさしかありませんよ。

「好きな食べ物、えっと……」

「じゃあ、第三位から聞いてあげますよ。発表してくださいね。はい、第三位は？」

「え、あ、カツ丼」

なんですかその答えは。めちゃくちゃフってるんだからボケてくださいよ。

「じゃあ、第二位は?」

「え、っと、ソースカツ丼」

「それもカツ丼じゃないですか。わざわざ分けて言わなくていいですよ。でもカツ丼頼んでソースカツ丼が出てきたらビックリしますよ。ということは、別の料理と考えることもできますね。わかりました、セーフにしてあげますよ」

なんとかツッコめました。お客さんは全然、笑っていませんよ。そりゃレベル1のボケですもん。笑うわけないですよ。

もはやお客さんの中にはスマホを見てる人もいましたよ。『どうせこいつら通らないな』って思う気持ちを出しすぎですよ。

「じゃあ、第一位は?」

「え〜と、え〜と……」

最悪です。ここはリズムがめちゃくちゃ大事なんですよ。三段落ちの、切れ味の良いボケをくださいよ。

「え〜とじゃわからないですよ。何を考えてるんですか。カツ丼、ソースカツ丼ときて、第一位はなんですか。教えてくださいよ。第一位は?」

「ええ～なんだっけ」

相方はそう言って、頭を掻き始めましたよ。ネタを忘れたと思われるじゃないですか。

「早く答えてくださいよ。信じられないですよ。さっさと終わらせて帰りますよ」

最悪ですよ。私も我慢できずに、「終わらせる」なんて言ってしまいましたよ。

「カツ丼、ソースカツ丼にしたから、もう似たものがないから何も思いつかないんですよ。三段落ちでズバっとボケてほしいのに、何を考えてるんですか？」

私も私を止めることができませんでした。漫才中に「ボケ」なんて言葉を言ってしまいましたよ。私の美学に反しますよ。

「はい、きれいな三段落ちにしてください。カツ丼、ソースカツ丼ときて、第一位は？」

「え、っと」

「早くボケてくださいよ。それがあなたの仕事ですよ」

「わかったわかった、ボケる！」

「そんな宣言はいらないですよ。自然にボケてくださいよ」

「わかったって！」

ここまで来たらヤケクソですよ。相方の顔が赤くなっていましたよ。

「じゃあ、あなたの好きな食べ物、第一位は？」

「……ボケ」

信じられないですよ。なんですかその答えは。ボケのところ、ボケなんて言ったらダメですよ。

一瞬にして静寂に包まれましたよ。私はなんて返したらいいのかわからず、少し経ってから「ツッコミ」と言いましたよ。そう返すしかないじゃないですか。するとなぜかお客さんがクスッと笑いましたよ。

そのあと相方が、何を思いついたのか、漫才を続けましたよ。自発的だったのでビックリしましたよ。

「僕も自分で、体にいい食材とか調べてるんです」

「それを早く教えてくださいよ」

「食物繊維がいいらしいんです。ではここで食物繊維が多い食材を紹介します」

「それはありがたいですよ。私の健康維持の参考にもなりますから」

「食物繊維が多い食材、第三位は」

「なんですか？」

「ボケ」

また同じことをしましたよ。

「ツッコミ」

私も繰り返すと、またクスクスと聞こえましたよ。

「第二位は」

「なんですか？」

「ボケ」

「ツッコミ！」

またクスクス笑ってますよ。でも最悪ですよ。こんなに中身のない漫才、合格するわけないですよ。他のコンビはみんな必死にボケの中身を考えてるのに、相方は概念を言うだけ。何を考えてるんですか。

「第一位は」

「なんですか？」

「面白いボケ！」

「面白いツッコミ！」

最後は少しパターンを変えてきましたよ。私もなんとか対応しましたよ。中身は全くないのに、お客さんはなぜかまたクスクス笑ってましたよ。

「あとダイエットが成功したらね、やりたいことがあるんですよ」

「なんですか？」

「まずは、ボケ」

「ツッコミ」

「あと、ボケ、ボケ、ボケ」

「ツッコミ、ツッコミ、ツッコミ」

「あと、スペシャルボケ！」

「スペシャルツッコミ！」

もはやこの掛け合いを、漫才って呼んでいいのかすらわかりませんよ。

「なかなかやるなあ」

「なんですかこの漫才は。ボケのところボケって言ったらダメじゃないですか。お客さんはボケの具体的な内容が聞きたいんですよ」

「中身は、おのおの想像してくれるよ」

「お客さんの想像に委ねたらダメじゃないですか。あなたは漫才を見たことがないんですか？養成所で何を学んできたんですか？」

「逆に今までの漫才はボケを具体的に言いすぎて、お客さんの想像を奪ってしまってると思うんだよ。誰しもが持っている空想する権利を、僕たちがすぐに答えを出すことによって剝奪してしまうなんてそれってある意味、暴力じゃないか？」

「何を小難しいこと言ってるんですか」

妙に言い訳がましく、タジマっぽくないことを言い出しましたよ。

「漫才はもっと余白があった方が、お客さんも楽しめるはずだ」

「余白？　どういうことですか」

「ボケをボケ、ツッコミをツッコミと言う。それだけじゃなく、普通の話の部分は、普通の話と言うことにする」

「あなた頭がおかしいですよ。話題すらわからなくなるじゃないですか」

私の忠告を無視して、タジマはすぐに始めましたよ。私も参戦するしかありませんでしたよ。

「いきなりですけどね～、普通の話」

「相槌」

「普通の話」

「相槌」

「普通の話」

「相槌」

「ボケ」

「ツッコミ」

「普通の話」

「相槌」

「ボケボケボケボケ」

「ツッコミツッコミツッコミ」

「回りくどいボケ！」

「シンプルなツッコミ！」

私はお笑い反射神経をフル回転させて、なんとか対応しましたよ。

「怖い話」

「……興味あり」

「怖い話」

「興味津々」

「怖い話のオチ」

「叫びーーーー！」

「からの、ギャグ」

「ツッコミ！」

よくわからないコンボを決めてきましたよ。

「下ネタ」

「注意！」

「下ネタ」

「注意！」

「えげつない下ネタ」

「厳重注意！　コンプライアンス！」

パニックにならずに全てに対応している自分を褒めたいですよ。

「モノマネ」

「感想」

「モノマネ」

「感想」

「師匠のモノマネ！」

「厳重注意！」

「オチ」

「なんなんですかこれ、概念ばかりで全然中身がわからない。こんなもの漫才と呼べませんよ」

「いや、まだ余白が足りないなあ」

「は？」

「出てきて、マイクの前で『漫才』と言って、あとはずっと黙っとく。これで良いんじゃないか？」

「良いわけないですよ。時間あまりますよ。もういいですよ」

なんとか出番を終えましたよ。タジマに対応するだけで精一杯でしたよ。追い込まれてからの偶然の産物とは言え、お客さんは後半からけっこう笑ってくれましたよ。でも私はこんなもの漫才とは呼べませんよ。面白いとは思いますけど、何が面白いかはわからないんですよ。ただ、出番が終わったあと楽屋で偉そうな大人に話しかけられましたよ。

「君ら、新しいことやってんなあ。おもろかったわ」

「ありがとうございます」

相方があたかも昔からこのネタをしていたかのように答えましたよ。白々しいですよ。

「初めて見たわ。スケルトン漫才って言うんかな。なんか構造を骨抜きにしてんのが、最高やったわ。今度、今の漫才を私の番組で披露してくれんか？」

そう言って差し出された名刺を見ると、テレビ局のディレクターでしたよ。まさかまさかですよ。火事場のクソ力ってやつですか？　追い込まれたのが意外とよかったのかもしれません。全く、何がどう転ぶかわかりませんよ。

「そういや前半グダグダやってたけど、あれもネタか？」

「いや実は……」

相方が答えようとしていたときですよ。楽屋のモニターから大きな笑い声が聞こえましたよ。耳を澄ますと、『ボケ』『ツッコミ！』と声が聞こえてきましたよ。すぐに見に行くと、私たちよりもはるかに高いクオリティで、似たネタをやっていましたよ。

「なんや。この子らの方が完成度高いやんけ。君らパクったんか？」

信じられませんよ。偶然にしてもできすぎてますよ。

ディレクターは「今の話なしで」と足早に去っていきましたよ。どうせ今のコンビにオファーを出しに行くんでしょうよ。やっぱりいつも悪いのは周りですよ。もう今年のＭ－１も負け確定、終わりです。

私は帰り道に段ボールと太めのマジックを買いましたよ。

「ボケにも著作権を」

プラカードの文言はもう決まってますよ。

芸人冥利

「はい、オッケーです」

ディレクターの大きな声が響き渡り、収録が終わった。合唱のような「お疲れ様でした」を耳にしながら、マイクを外してスタジオを後にする。俺は楽屋に戻るとすぐにジャケットと革靴を脱ぎ、あおむけになった。解放感からどっと疲れが押し寄せてくる。まだ呼吸は荒い。

新番組の収録は九十分を超えていた。番組は一時間、実際に流れるテープはコマーシャルを差し引いて四十五分ほどなのに、スタッフ陣は念には念をという感じでカメラを回し続けていた。

長く気を張った状態で椅子に座っているのは体にこたえる。運動不足の肉体が悲鳴をあげ、背中や腰は凝り固まって、足の先まで汗をかく。しかも自分に話が振られるのを待ちながらも、貪欲に笑いを取ってやろうとトークに割り込むタイミングを窺い続けているのだ。頭の中で常に自分がこれから喋る話を反芻しつつ、目の前で繰り広げられる事態をぬかりなく把握していなくてはならない。かなりの消耗戦で、大幅に体力が削られる。もちろん体力が回復するアイテムなどなく、収録が終わるまで逃げ出すこともできない。まるで兵糧攻めだ。

一度笑いが起きたくだりは、別の話題に移ったとしても、再び戻って振られる可能性があるので、常に心の準備をしておかなくてはならない。急にMCから「北渕はどう思う？」などと振られ、頓珍漢な答えをすると変な空気になってしまう。すぐに「そこは○×やろ！」とツッコミが入ればなんとか救われるが、天然キャラを売りにしている芸人以外、出来は0点に近い。

ひな壇に座っている芸人は、一見ニコニコしながらも、心の中は水辺の獲物を狙うワニのごとく感性を研ぎ澄ましているのだ。

ぼーっと楽屋の天井を見ているうちにやっと興奮状態がおさまってきた。起き上がってメイクを落とし、腰や肩をストレッチしていると、「お疲れさん！」と相方の西本が楽屋に戻ってきた。

「いや声でかいわ」

「ごめんごめん」

「謝る声もでかいねん」

西本もそうとう疲れているはずだが、まだ本番のテンションが抜けきっていないのだろう。顔は青白く、ほうれい線が少し深い。

今日は朝から一時間半の生放送に出演し、昼は情報番組の商店街ロケの収録、夕方には趣味のキャンプについて雑誌のインタビューを受け、夜はトーク番組の収録だった。インタビュー以外はコンビでの稼働だ。生放送は特にコンプライアンスに注意し、空気を読みながらボケたし、夜のトーク番組はエピソードトークを三本喋り、他の部分でもうまく話に割り込んだ。西本との掛け合いでも爆笑を取れたし、何度も話を振ってもらえたので、オンエアされる尺は多いだろう。我ながらよく働いたなあと思う。

西本もMCの東田さんに向けて「こいつ、こんな話あるんですよ」とひな壇の後列に座っている後輩たちが喋れるよう何度も話を振っていた。いわゆる裏回し。パスを受けた後輩もよくウケていたし、場は盛り上がった。

要するに今日の俺たちは百点だった。まあ、どっちかといえば俺の方が笑いを取っていたので、西本は百点、俺は百二十点でもいいかもしれない。

そして俺は知っている、こんな日の酒は旨いと。

おまけに明日は一ヶ月ぶりの休みだし、飲まない理由がない。

喫煙所でタバコを一本吸っていると、居合わせたディレクターからも「面白かったです」と褒められ、気分は上々。その言葉が欲しくて芸人やってるんだから。面白いの一言で報われるし、どんな疲れも吹っ飛ぶのだ。

さあ街へ繰り出そう。

俺は共演者への楽屋挨拶を済ませて、テレビ局を出た。

ロータリーには運よくタクシーが一台停まっていた。駆け足で乗り込んで、行き先を告げる。西麻布までは三十分くらいか。タクシーは緩やかに動きだし、ロータリーを出て目の前の赤信号で停車した。俺はスカジャンを脱いでシートベルトを締め、後輩の真坂に連絡を入れておこうとスマホを取り出した。

窓ガラスがノックされたのはその時だった。驚いて目をやると、マネージャーの白州がゼエゼエ言いながら立っていた。

わざわざ追いかけてきたのか？

運転手がドアを開けると白州はすぐに片足を乗せた。「乗ってもいいですか？」と尋ねてきたときには、体の全てがタクシーに乗り込んでいた。

「どうした？」

「北渕さん西麻布ですよね？　僕会社に戻るんで、同じ方面なので乗せてください」

「それだけ？」

「はい」

俺はそんな理由で良い気分に水を差されたことにイラつきつつも、態度には出さないでおいた。交通費を削減するために、できるだけ同乗するようにと会社の経理部から通達があったのかもしれない。

いやいやいや。だとしても、タレントの乗るタクシーを呼び止めてまで同乗するか？

白州がシートベルトを締めると、タクシーは走り出した。

スマホのメッセージをチェックすると、真坂はすでに店についていた。俺は先日リリースされた自分のＬＩＮＥスタンプの一覧を開き「今日は飲むで〜」「酒が最高の栄養」「どやっ！」と三連発で返信した。すぐに「自分でダウンロードすなｗ」と返ってきたので、「可愛い後輩よ」と笑顔のスタンプで返す。

そこへ「スタンプ、良い出来ですよね」と、白州が自分のスマホを見せてきた。

「お前もダウンロードしたんかい」

「そりゃしますよ。北渕さんは自分の担当なんで」

「誰に使うねん」

「北渕さんの出てる番組のディレクターとか、プロデューサーに」

「やめとけ」

そうツッコむと、白州は「冗談ですよ」とはにかんだ。こいつは俺より一回りも年下なのに、ボケてきたり、タクシーに乗り込んできたり、なかなか度胸がある。

いや……、そんな奴だったか？

半年ほど前にマネージャーに就任して以来、俺は白州の場の空気を察知する能力に幾度となく感心していた。普段は真面目に仕事をこなし、芸人がボケて空気が緩んでいるときには横でニコニコ笑っている。話を振られても、決して出しゃばらない。担当芸人を気持ち良く仕事させることに関して、プロ意識を感じていた。

そんな白州に何があったのか？「慣れ」という二文字では処理できないほど違和感がある。

「あとさ、俺が俺のスタンプを金出してダウンロードするのおかしくないか？」と、常々考えていたことを尋ねてみた。

「それ芸人さんみんな言いますね」

「他にも、俺が企画考えて、俺が出てるネット配信番組を見るのも有料やで？　普通タダちゃう？」

「それも口を揃えて言ってます」

「いや、芸人あるある言うてんちゃうねん」

「みなさん、そうツッコみます」

「やかましわ！　タダでええんちゃうか、って話をしてんねん」

白洲は体の向きをこちらに向けた。

「まあでも、作家さんも自分の著書を本屋でお金を払って買うし、俳優さんも自分の映画を映画館で見るのは有料だし、そんなもんじゃないですか？」

「そんな正論はいらんねん」

「これ言ったら、皆さん『そんな正論はいらんねん』ってツッコみます」

「お前なんやねん」

「すみません」

何か引っかかる。普段、こんな漫才のようなやり取りを仕掛けてくる男ではないのに。それに、会話の間が妙に悪い。なんと言うかじっくり考えてから発言しているように思える。

タクシーはレインボーブリッジに差し掛かり、視界の奥には煌びやかなビル群と、橙に染まった東京タワーが見えた。

「きれいやなあ、今日は」

「東京タワーですか？　いつもきれいですよ」

「いや、ウケた日はきれいやけど、スベった日はそうでもないで」

「はは、確かに。北渕さん今日めっちゃウケてましたね」

「まあな」

「プロデューサーも助かったって言ってましたよ」

「マジ？　嬉しいわ。レギュラーになれるかな？」

「次も呼ぶって言ってたんで、この調子でいけば、あると思います」

「マジで頑張らんとな」

「最近どこ行ってもウケてますよね？　スベってるの見たことないです」

「自分にできることをやってるだけやで」

そう謙遜しつつも、心の中では虎視眈々と再ブレイクを狙っている自分がいる。

現状、深夜番組とラジオのレギュラーはあるものの、ゴールデンはクイズ番組が一本だけ。ブレイク時はゴールデンのレギュラーが六本もあったけれど、かなり減ってしまった。

昼の情報番組やトーク番組はスポット出演が多く、絶対に必要とされているというわけではない。いなくても番組は成立するが、いたらスパイスになるといったところか。弁当でいうとパセリや漬物程度だろう。早くハンバーグなどの花形のおかずに、ゆくゆくはなくてはならない白米になりたい。

「北渕さんは情報番組とバラエティ、どっちが楽しいですか？」

「そんなもんバラエティに決まっとるやろ」

俺は間髪入れずに答えた。

「じゃあ、俳優さんやタレントさんも出るようなバラエティと、芸人しか出ないようなゴリゴリのバラエティ、どっちに出たいですか？」

「どっちも。ゴールデンにはタレントも出るような番組が多いし、知名度をあげるには必要やと思ってる。楽やし」

「楽？」

「うん。ＶＴＲ見てコメント言ったり、用意されたメシ食ったり、タレントさんの話聞いてニコニコ笑ったり、あんま準備いらんねん。話に割り込む必要もないし、必要ないときに自分を出しすぎたらダメっていうか、そんな感じ」

「じゃあ芸人さんしか出ない番組は？」

「そっちは、純度１００パーセントのお笑いが求められてるやん？　トークもしっかり仕上げていかなあかんし。スべったらなめられるけど、ウケて評価されたら業界からの注目も上がって他の番組の出演にも繋がることもあるから。あと見逃し配信の再生回数も多いやろ？それって本物のお笑い好きが、わざわざ検索して見てるってことやん。やっぱり夜中一人でお笑い見て、今のはここがおもろかったとか、あそこもう一発欲しかったとか言うてるような、自称お笑い評論家みたいなのを笑わせなあかんねん。そんな昔の自分みたいな奴に認められたら、本物の芸人になるんとちゃうか……」

「はァっくしゅん」

「聞いてんのか！」

「すみません。花粉が」

「花粉って。今、夜やろ！」

タクシーは芝公園の交差点を左折し、六本木方面へ進んでいく。目の前には先ほどより大きく東京タワーが見えた。

「で、今どれくらい近づいてるんですか？」

「は？　何に？」

「その、本物の芸人ってやつに」

「どやろなあ」

「ぶっちゃけ、北渕さんは自分が一番おもろいって思ってます？」

「なんやねん急に」

「いや芸人さんって、みんな自分のこと一番面白いって思ってるんかなって」

「まあ、そう思わな、やってられへんからなあ」

「ぶっちゃけ、思ってるんですか？」

「思ってるよ」

「ダウンタウンよりもですか？」

「は？」

「正直、どうですか？」

「何が聞きたいねん」

「ダウンタウンよりおもろいやん、今日の俺！って瞬間はありますか？」

その質問を受けたとき、謎が解けた気がした。

わざわざタクシーに乗り込んできた白州。いつもと違い、俺にグイグイと質問をしてくる白州。先輩芸人の名前をあえて出す白州。全てが一本の線で繋がった。

このタクシーじゃなきゃダメだったんだ。

どう答えようか迷っていたとき、口を開いたのは運転手だった。「お兄さんテレビで見たことあるよ。娘が好きでねえ。僕はダウンタウンより面白いと思うよ」と、援護射撃をしてくれたのだ。

「まあ、今のは俺の方がおもろいコメントしたかも、って瞬間はある」

「へえ！」

「誰にも言うなよ。恥ずかしいから」

「じゃあ今、中堅芸人じゃないですか？　中堅を上、中、下って三つに分けるとどのあたりにいると思います？」

「上よりの、中かな」

「どうやったら上にいけるんですか？」

「ん〜」

俺はわざと、しばらく考えてから口を開いた。

「真剣に答えると、歌かな？」

「う、歌ですか？」

「うん。めちゃくちゃ売れてる人って、歌出したりして芸の幅広げてるやん。現状を打破するのって、意外とネタやトークじゃないと思うねん。誰か曲作ってくれんかな？」

「どうでしょう」

「会社からレコード会社にプッシュしてみてや。お笑いの度合いが強いやつあかんで。おちゃらけソングはネタでやってると思われるから。恋愛か人生をテーマにした、心に刺さる曲がええわ」

「こんど会議に出してみます」

「絶対やで。コンビじゃなくて、俺だけでいいから。俺、歌はめっちゃ自信あるからな」

「はい」

タクシーは西麻布に到着した。俺は運転手にお礼を言い、白州の肩を二回叩いてから下車した。これで白州も俺が気がついたことに、気がついたはずだ。

ったく、どんだけ仕事させるんだよ。

俺はコンビニでウコンドリンクを買って飲み干し、タバコに火をつけた。笑いを語るところが少し長かったかもしれないなと思いながら。


ハイボールがうまい。二杯目を飲み終わる頃には、疲れていたこともあり少し酔いが回ってきた。

行きつけのバーは真坂が予約した時点で俺が行くことも伝わっていたのか、奥の個室を用意してくれていた。

「で、いつドッキリって気がついたんですか？」

「最後の方。早よ気がつけばよかったわ。白州の様子がずっとおかしかったし、キョロキョロしたらルームミラーの上に小さいカメラあってん」

「ええ！　バレバレじゃないですか」

「いや疑って見いひんと気づかんレベルやで。それから妙にカメラ目線にならんよう必死よ。でな、白州はたぶんイヤホンつけてて、誰かの指示のもと俺と会話しててな、質問がえぐいねん。頭フル回転させたわ」

「いいな〜、僕もドッキリとか出てみたいです」

「真坂はリアクションおもろいから、売れたらすぐ出れるやろ」

「頑張ります！」

真坂はそう言うと、トイレに立った。

俺はスマホを取り出して芸能ニュースを一通りチェックした。月曜は週末に起きた出来事を各ワイドショーが特集し、コメンテーターの意見が記事になるので分量が多い。

続いてSNSを開くと、今日はクイズ番組のオンエア日だったので、最新のツイートにはたくさんのリプライが届いていた。「応援してます」「来週も楽しみです」など好感を持てる返事の中に「お前、芸人なのに全然ボケへんな」「昔よりハゲました?」など、匿名アカウントからの心ないコメントも紛れていた。やかましいわ。

酔っているときのSNSほど恐ろしいものはない。冷静な自分はどこかへ飛んでいき、匿名のカスにお灸を据えてやろうと、良くない正義感がフツフツと湧いてくる。

『@XXXXXX　グループ対抗のクイズ番組にボケいるか？　そもそもボケるならレギュラーの俺じゃなくてゲストの俳優さんの方が良いし、俺はパス出してたぞ。そんなこともわからんお前は、職場でも空気読めへん発言の連発やろな。怖っ』

酔っていると、攻撃性に充ちた文面をツイートしても許される気になってくる。

俺の本性が世に出てしまうのを寸前で止めてくれたのは、真坂からのＬＩＮＥだった。「カウンターの女性が店に入る北渕さんに気がついたみたいで、写真撮ってほしいと言ってます。どうしますか？」俺はすぐさま返信を送る。

「可愛いい？」

「はい。めっちゃ可愛いです！」

俺はスマホの内側カメラで髪型を整え、カウンターへ向かった。

座っていたのは、モデルのような二人。歳は二十代後半くらいで、髪が長く、品がある。芸能界にいてもおかしくないレベルの美女だった。

朝から仕事を頑張ったご褒美に違いない。

それにしても、こんな美女がカウンターにいたのに気がつかなかったとは。「ファンなんです」と口々に言う二人に、俺も君たちのファンになりましたと、心の中でつぶやく。

俺は二人の間に立ってピースをした。平和だ。

それからツーショットを求められ、それぞれと撮影した。途中で、真坂がさりげなく「何飲んでるんですか？」と話しかける。

良い動きだぞ。

幸い、店の中にはバーカウンターの端でちびちびと山崎を飲んでいるおっさんが一人いるだけだ。悪目立ちすることもなく、ナンパすることができる。「ワインです」と答える二人に、俺はすぐさま「あっちで一緒に飲みませんか？」と声をかけ、個室に誘導した。「どうする？」「いく？」などと互いに最終決定権をなすりつけあっていたのは、このあとどうなっても責任はあんただからね、という意味が含まれているように思えた。

乾杯を済ませ、雑談をしながら二十分くらい経つと、タメ口混じりで話せるほど場が和んできた。二人ともノリが良く会話がはずむ。あとは口が堅ければ、俺の中の良い女の条件を全て満たすことになる。

俺の前に座った女はユウコといい、証券会社に勤めているらしい。正面から見ると鼻と口が小さく、まだ幼さが残っていて可愛らしかった。モデルというより、女子アナタイプかもしれない。

真坂の前に座った女の子はアスミといい、人材業界で働いているらしい。はっきりとした顔立ちで、大きなイヤリングが似合っている。長い髪には艶があり、スタイルも抜群。こっちは本当にモデルやレースクイーンをしていてもおかしくないほど美しい。

正直、どっちでもいい。どっちもタイプだ。雰囲気的にはアスミの方が落としやすそうだが、意外とユウコの方が軽いというパターンもあり得る。

「今日はどんなお仕事してたんですか？」

そんな問いに対して、朝の生放送から夜の番組収録まで一連の流れを説明した。

終わると、二人は「すごおぃ」「絶対オンエア見ますね」などと言ったあと、間髪入れずに「次、これ頼んでいいですかぁ？」とメニュー表のワインボトルを指差した。写真の下には一万八千円と書いてある。俺は後輩もいる手前、別の安い酒を提案することもできず、「全然、頼み」と笑顔を作った。少し引きつっていたかもしれない。こうやって俺が必死で稼いだ金が、知らない女の酒代として消えていく。

だがそれは喜ばしいことでもあるのだ。

二十歳の頃から人を笑わせることばかりを考え、金がなくても必要以上にバイトを入れずに、爪に火をともすような生活を十五年ほど送ってきた。二十代と三十代前半の全てを下積みに費やし、恋愛らしい恋愛も、遊びらしい遊びもしてこなかった。社会人として働く地元の友達に沖縄旅行に誘われたときにも断るしかなかった。

三十七歳のときにネタ番組を通して日の目を浴び、やっとコンスタントにテレビに出ることができるようになった。

それから五年。今では街を歩くと顔を差されるし、Ｔｗｉｔｔｅｒのフォロワーも十万人ちかい。アイドルと付き合ったこともあるし、ロケと称してテレビ局の金で全国各地に旅行することもできた。番組では何を喋っても面白がって聞いてくれるし、テレビに出ている先輩にも飲みに誘われるようになった。ようやく芸人としての市民権を得たのだ。

同時に港区の美女にもワインを奢ることができるようになった。その権利は、車の免許を取ると原付にも乗ることができるように、芸能人の付録として付いてくる。

真坂は「今日は休みでした。ちなみに明日もです」などと自虐的にボケていて、見ていて切なかった。でもまだ世に出ていない以上、そうするしかないことは痛いほどわかるし、一番簡単に笑いを取る手段であることも知っている。俺も通ってきた道だ。

あっという間にボトルは空き、今度は俺に尋ねることなく別のワインボトルが注文された。

それから席替えが行われ、俺の横にはアスミが座った。ソファーは広々としているのに、その距離は驚くほど近く、エロいことを連想させる。

アスミは俺の腕時計に食いつき、手首を握った。

それから俺とアスミは、真坂とユウコに気がつかれることなく、机の下で手を握ったまま飲んでいた。太ももが少し触れていて、デニム越しに体温を感じた。

天国だ。こういうのが人生で一番楽しい瞬間かもしれない。

「このあと、二人でもう一軒行きませんか？」

俺はスマホに文字を入力し、さりげなくアスミに画面を見せた。アスミは優しく微笑み、握った手にギュッと力を込めた。

「北渕さんモテモテじゃないっすか」

ユウコとアスミがお手洗いに行ったタイミングで、真坂が悔しそうに言った。

「せやろ。売れたらモテるで、お前も」

「そうなんでしょうけど、実感なさすぎて」

「俺さっきツーショット撮ってたやんか。あれ悔しかったやろ？」

「悔しいに決まってるやないですか。僕は求められへんかったし。僕には興味ないんやなって思いましたよ」

「俺もな、売れる前に先輩にそんなんいっぱい見せられて悔しかってん」

「じゃあやめてくださいよ」

「わざとや。面白くなるしかないねん」

「僕、おもろくないっすか？」

「いや、おもろい。間違えた。売れるしかないねん」

「はあ……。どんだけ劇場でウケても、拍手や笑いとっても、売れることに繋がってる気がしなくて。あと一歩でオーディションは落ちるし、M－1も三回戦までしか行けないし」

「今、何年目やっけ？」

「九年目です」

「いずれ、ここぞという時が来るから、それまで辛抱や。腐ったらあかんで」

俺は自分にも言い聞かせるように言葉を吐き出した。

「ほんまに来ますかね？　ここぞという時」

「来るよ。見返すために頑張れよ、こんな世界を」

「コマネチ」

「なんやそれ」


俺はユウコとアスミと入れ違いに便所に向かった。美女が行くのはお手洗いで、男が行くのは便所である。

もう少し押せば、俺はアスミと一緒に帰れるように思う。しかし真坂とユウコもどうにか一緒に帰れるようにアシストできないか？

よし。もう一歩前へ、この場を進めてみるか。

俺はマスターから割り箸を二本もらい、割ってから、一本に印を付けた。多少下品だが、良いタイミングで王様ゲームを切り出すことができたら、俺と真坂にとって良い結果が訪れるかもしれない。こういうのはその場の盛り上がりと、雰囲気で決まるのだ。

俺は期待を膨らませて個室へ戻った。

だが、戻ると雰囲気が一変していた。

ユウコとアスミは下を向いてスマホをいじり、真坂はおしぼりでグラスの水滴を拭いていた。さっきまでの楽しい会話や笑い声はどこにもなく、暖房が風向きを変える音だけが聞こえている。

「え？　何があったん？」

そう問いかけても誰も何も言わず、テーブルの真ん中に置かれた殻付きのピスタチオだけが俺の方を見ていた。俺は割り箸を尻のポケットにしまった。

「ちょ待ってや。さっきまで仲よかったやん。え、こいつなんかしました？」

俺が真坂を指差しても誰も反応せず、真坂は淡々とグラスを拭き続けている。

数秒して、ユウコがため息まじりに口を開いた。

「なんか、つまんなくなってきちゃった」

つ、つまんなくなってきただと？　芸人と一緒に飲んでおいて？

愛想の良かったユウコが、そんなセリフを吐くのが信じられない。

「そうだ！　なんか面白いことしてください」

えぐい言葉を口にしたのはアスミだった。芸人になりたての頃、バイト先の居酒屋でよく言われた嫌なセリフだ。

居酒屋では、俺が芸人だとわかると決まって偉そうなおっさんや若い姉ちゃんが「芸人だったら、なんか面白いことしてよ」と言ってきた。

しかしハードルの上がりきった状態で何かしてウケるわけがない。バイト中でもスベりたくなかった俺は、時には「勘弁してください」とその場から逃げ、時には「布団が吹っ飛んだ」などとわざとつまらないことを言った。

それから店長に「俺が芸人だと言うな」と釘を刺すと、「でも青柳くんはギャグしてたよ」と先輩の名前でマウントを取られた。腹が立ったのでその日のうちに居酒屋のバイトを辞め、数日後、鬱陶しい客と絡まないですむ警備員のバイトを始めた。不器用な選択だったけど、今となっても後悔はしていない。

さて今日はどう切りぬけようか。下手な断り方をしてしまうと、何もやらなくてすむ代わりに、俺の下心が花開くことないまま萎んでしまう。めちゃくちゃ仕事を頑張った日に右手が恋人なんて辛すぎる。なんとしても今夜はアスミと一緒になりたいし、真坂にもお持ち帰りさせたい。

「聞いてます？　何か見たいです」

黙っていると、アスミからユウコへえぐいセリフが伝染した。

真坂は俺の出方を窺っているのか、グラスを置いてこちらを見ている。

俺は思考を巡らせた。ちゃんと狙いに行ってスベったら最悪だし、かといってこの状況から逃げようとつまらぬことを口にしたら場がシラケるに決まっている。そうなったらお持ち帰りなんて夢のまた夢だ。

視線を上げると真坂と目があった。すると優秀な後輩は何を思ったのか静かに頷き、立ち上がった。

俺が驚愕したのはそのあとだ。

真坂は一礼したあと、少しキャラを入れて流暢に喋り始めたのだ。

「ようこそ、バー・おもしろへ。本日のメニューは一発ギャグ、モノボケ、モノマネ、スベらない話、おもしろダンスです。面白さ抜群のアラカルトを取り揃えております。いかがなさいますか？」

馬鹿か、こいつは。ガチガチのお笑いで挑むなや。

俺が固まっている間に、ユウコとアスミは「え〜、どうする？」とすぐさまミニコントに乗っかった。

「オススメはぁ？」

「本日のオススメはモノマネ、おもしろダンスです」

真坂やめろ。この流れだと、絶対にスベる。ここぞという時は今じゃない。

「じゃあ〜、モノマネお願いします」

「かしこまりました」

「ちょ待てよ」

思わず言葉が飛び出した。それが有名なモノマネだと気付くのに時間はかからなかった。すぐに顔が赤くなったのを自覚した。

「え？　今のってキムタ……」

「違う違う。たまたまや。もうこの流れ終わり」

「えー、せっかく真坂くんが頑張ってくれてるのに！　見たい！」

顔をしかめるユウコの横で、アスミはスマホのカメラを構えていた。俺はそれを取り上げて机の上に置いた。

「あのな、芸人に会ったからって、面白いことしてくださいなんて言ったらあかんねん」

「は？　なんで？」と、アスミが生意気な目でこちらを見た。

「俺らは面白いことするのが仕事やけど、それは劇場やテレビで披露して、お客さんに笑ってもらうためやねん。飲み会で君らに無茶振りされて見せるもんじゃない。そんな安い芸をしてるつもりないわ。おまけに酔ってるし、こんなところでウケてもなんにもならん！」

こんなこと言いたくなかったけど、仕方がない。世直しだ。無茶振りされて無駄にスベる芸人を一人でも少なくするためだ。「こんなところだって」「ひどぉい」などと口々に言うユウコとアスミを遮って、俺は続けた。

「逆の立場になって考えてみ？　君らも、今ここで仕事の感じやってみてって言われたら嫌やろ？」

これでアスミを抱けないのは確定だろう。プライドが下心を上回ってしまった。もう今日はお開きにするか。

「私は全然平気ですよ」

そう言って立ち上がったのはユウコだった。想定外の事態だ。

「今って資産運用などはいかがお考えでしょうか？　もし銀行預金しかしていない人は考え直した方が良いかもしれません。利子も少額ですし、資産を銀行口座に置いておくのはもったいない。一方で、証券口座をお作りいただけると、米国株や日本株に連動したＥＴＦに投資することが可能になります。過去三十年のデータでは、小さな浮き沈みはあるにせよ、全体的に株価が高くなってきていることがわかります。ＮＩＳＡで運用すると節税にもなるのでオススメです」

ユウコは軽快なセールストークを披露した。速い口調の中にも、普段ちゃんとした大人を相手に仕事しているんだなとわかる丁寧さがあった。

アスミが「すごおぃ」と大きな拍手を送り、真坂は指笛を鳴らした。俺も雰囲気に負けて拍手をする。

「次、私ですね」

「いい、いい。大丈夫だから。この流れはやめよう」

俺が立ち上がったアスミを座らせると、アスミは悔しそうにのけぞった。

なんで披露したいのかさっぱりわからない。ワインで悪酔いしているのかもしれない。

「ハイパージューシーコーンポタージュ、ハイパージューシーコーンポタージュ、ミラクルわかめ、さよなら昆布、ペネロペクルスの大冒険」

アスミが座ると同時に、真坂が立ち上がって、奇妙な呪文を唱えながら上半身をめいっぱい動かし始めた。

これは？

おもしろダンスだ……。

そのキレの良さに、ユウコとアスミも笑っている。

真坂を味方だと思っていた自分が甘かった。

「ハイ、ハイ、ハイ、ハイ、小籠包！」

キメポーズを作った真坂を、ユウコとアスミが写真に撮った。

続いて、三人は笑いながらイェーイとハイタッチを交わした。この空間で、オッサンの俺だけが取り残されている。

「ハイパージューシーコーンポタージュ、ハイパージューシーコーンポタージュ」

再びダンスが始まった。

やめろ、真坂。こっち側に帰ってこい。

「ミラクルわかめ、さよなら昆布、ペネロペクルスの大冒険」

ユウコとアスミも見様見まねで参加している。

「ハイ、ハイ、ハイ、ハイ、小籠包！」

今度は三人でポーズを決め、再びハイタッチを交わした。結果、また俺だけが惨めに取り残された。

嫌な記憶が蘇る。

確か、芸人になって一年目か二年目。舞台上で長縄を回して、各チーム十人が順番に跳び、回数を競う企画があった。面白い跳び方選手権のような企画なら理解できるけれど、ただ飛ぶだけ。俺はそこに面白さを見いだせず、こんなものを客に見せてなんの意味があるのかと舞台上でイライラしていた。たぶん顔にも出ていたと思う。

しかし、予想外に客は盛り上がった。俺には全く理解できなかった。若者が長縄を真剣に跳ぶことに面白さはないはずだ。

さらに驚いたのは、芸人側も本気モードになっていたことだ。相手チームに対して「絶対負けねえからな」と宣戦布告をして、ガチで競っていた。子供染みてダサいと思った。長縄を飛ぶために芸人になったわけじゃないはずだろう？

文化祭の出し物にもならないような企画を、なぜ笑いながらこなせるのか。毎日面白くなるために漫才やコントのネタを書いている自分と、面白くない企画に全力投球する自分との心の折り合いはついているのか、不思議で仕方なかった。

俺は心から面白いと思えないことに笑顔で取り組むことはできない。舞台上とはいえ自分を押し殺してまで参加する意味を見いだせない。

そんなことを考えていると、自分の番が回ってきた。俺はボケて自分だけ悪目立ちするような勇気もなく、不本意ながら皆と同じように跳んでしまった。本当に情けなかった。

ちなみに頭に浮かんでいたのは「動かざること山の如し」と叫びながら長縄に走り込んで、跳ばないと言うボケだった。まだ知名度もなく、キャラも知られてなかった俺が実行しても場をシラけさせて終わっただろう。未来永劫、空気を読めない奴とレッテルを貼られたかもしれない。

最終的に俺のチームは負け、俺は真剣に悔しがっていたメンバーを見て軽蔑した。中には床を叩いて悔しがっている先輩もいて「こいつ正気か？」と思った。

俺は悔しさを滲ませた表情も作らず、悔しがる演技もしなかった。

なぜ面白いことをしたい自分が、面白くないことに取り組んでいるメンバーに合わせないといけないのか。俺は自分が正しいと信じていた。そんな俺だけが浮いていた。

うまく輪に入れない孤独感は芸人対抗の徒競走のときも、ジェスチャーゲームのときにも襲ってきた。結局最後までイライラしながら参加し、うまく気持ちを適応させられない自分だけが異質な存在に感じられた。全力でボケてスベったときよりも居心地が悪かった。

終始真顔だから、ノリが悪いわけじゃないのにノリが悪いと思われる。なぜ真顔だったのかを問い詰められたとすれば、否定的なニュアンスで説明するしかなく、損をする。

俺はみんなで面白いことをしたいだけなのに。

面白くないことをしたくないだけなのに。

自分の思いをうまく伝えられない時間をしばらく過ごしてきたが、ある時、同期の一言で俺の価値観がガラリと変わったのをはっきり覚えている。

そいつは玉入れのコーナーが終わったあと「マジで楽しかった」と呟いたのだ。

楽しかった、楽しかった、楽しかった……？

数回、口にしてみてハッとした。

彼らは「面白い」をやっていたのではなく、「楽しい」をやっていたのだ。客に玉入れや長縄の数を数えてもらいながら、自分は全力でチャレンジすることで楽しい空間を作り出していたのだ。お客さんを笑わせるのが芸人だけど、お客さんを楽しませる、そんな選択肢があってもいいのだ。

俺はそれから「面白い」と「楽しい」を区別し始めた。割り切って考えることで、充実感のなかった文化祭や運動会レベルの企画にも邪念なく参加することができるようになった。時には「楽しい」に振り切ってライブを打つことさえあった。若手芸人対抗の浴衣カラオケ大会は、俺が出なくなった今でも劇場のキラーコンテンツとなっている。

そして今日、飲みの席で全てが繋がった。

「ハイパージューシーコーンポタージュ、ハイパージューシーコーンポタージュ」

面白いことをしてと言われたときは、楽しいことをすればいいんだ。

「ミラクルわかめ、さよなら昆布、ペネロペクルスの大冒険」

それに真坂のダンスは、楽しくも面白くもある。

楽しくて面白いが最強じゃないか？

「ハイ、ハイ、ハイ、ハイ、小籠包！」

俺は全力で決めポーズに参加した。

終わるとハイタッチの流れになり、両手をあげた。清々しい気分だ。これまで「面白い」と「楽しい」を区別して自分を保ってきた。テレビの収録でも「今日は楽しいの日」「今日は面白いの日」と、自分を納得させた上で出演してきた。その区別が今、融解している。

もしかしたら芸の幅を広げるヒントになるかもしれない。

俺は何かを得ようと、さらに真坂のおもしろダンスを自分から仕掛けてみた。

問題が起きたのはその時だった。

「ハイパージューシーコーンポタージュ、ハイパージューシーコーンポタージュ」

不器用に動く俺を見て、ユウコが手を叩いて笑った。

その時、顔のどこかから何か白いものが落ち、机の上に転がった。

イヤホンだった。

ユウコは咄嗟にそれを掴んでポケットに入れた。アスミと真坂は絶句していた。

ははーん。なるほど。

美女との出会い、アスミとのイチャイチャ、態度の急変、唐突な無茶振り……、全て仕込みだったわけか。

全く、一日に二回はやりすぎだわ。

俺は部屋の端に置いてあった観葉植物に近づいた。さしあたり、最も怪しいのはここだ。ガサゴソと葉の中に手を入れると、セッティングされた隠しカメラを見つけた。作動中であることを確認し、俺はレンズに向けて大声で叫んだ。

「以上、西麻布からお送りしました！　ジューシーコーンポタージュ！」


コンビニで酔いさましのお茶とアイスを買って、一服する。

イヤホンが落ちたときにカメラマンが個室に入ってこなかったということは、ネタバラシはスタジオで行うのだろうか？

隠し撮りさせてもらいました的な番組なのかもしれない。ゴールデンの予感がするし、今から収録が楽しみだ。

「お前芸人だろ？」

そう話しかけられたのは、タバコを消して、ジャイアントコーンの包装を剥きはじめたときだった。

目の前にはカチューシャで前髪を上げ、夜なのにサングラスをかけているゴツい兄ちゃんがいた。その後ろに四人、いかつい取り巻きが並んでいる。

服装は全員が上下黒で、金色の大きな龍や虎が施されていた。わざわざ強い動物をプリントしなくても、ガタイと風貌で強さと悪さは伝わるのに。

年齢は二十代半ばから三十代前半くらいか。とてもヤンキーという言葉で括られる集団ではなく、半グレ、反社、チンピラなどと形容した方がしっくりくる。

「やっぱこの街、芸人いるんだな。探してたんだよ。お前、名前なんだっけ？」

すぐさま「こいつ、北渕ですよ」と、後ろのスキンヘッドがカチューシャの隣に並び、顎で俺を指した。

「ああ、そうだ。ノースウエストの北渕だ。今何やってんの？」

「帰るところですけど」

俺は事を荒げないよう、丁寧に対応した。

「仕事帰り？」

「はい」

「遅くまでご苦労さん。写真撮ろうぜ」

写真か……。こんな素性のわからない奴らと一緒に写るのはマズい。週刊誌にでもリークされたら、仕事に支障が出かねない。

「写真はちょっと」

「は？　なんでだよ」

「すみません、急いでるんで」

俺は早歩きで集団の脇をすり抜けようとしたが、すぐに腕を掴まれた。

「さっき帰るって言ったじゃねえか。それに急いでる奴は、こんなアイス食わねえよ」

助けてくださいと叫ぼうか？

それよりは走ってタクシーに駆け込む方が賢明な気がする。

「写真ぐらいいいじゃねえかよ！」

そう怒鳴られて、確かに、と心が揺れる自分もいた。

写真だもんな、写真くらいいいか。室内じゃなく路上であれば、本当に撮影しただけだと信じてもらえるかもしれない。

俺は覚悟を決めて「わかりました」とカチューシャの横に立った。スキンヘッドが向こうでスマホを構え、俺はチンピラ四人に囲まれてピースを作った。

「もっと笑えよ」

カチューシャに頭をはたかれ、人生最大の作り笑いをしたときだった。

俺は全てを悟った。

スキンヘッドの隣にメンバーがもう一人いて、ビデオカメラを回していたのだ。

またかよ。

俺はすぐさま仕事モードに切り替えた。

「いやいやいやいやいや、やめてくださいよ。怖いって、もう〜。おしっこちびるかと思いましたよ！」

地面にうなだれながら、大声で叫ぶ。

一日に三度もドッキリを仕掛けてくれるなんて、なんて幸せ。

「カメラが堂々と出てくるって、あからさますぎますよ！」

俺は座り込んだ地面からカメラに向けて指をさした。

カメラが寄ってこないので、涙目になった顔と溶けたアイスを見せようと、こちらから近づく。

「どこ行くんだよ」

その瞬間、後ろからカチューシャに首根っこをつかまれた。

「お前、調子乗るなよ。いいから、写真撮れよ」

こいつはまだ演技を続けているようだ。ディレクターがＯＫを出すまで、役を降りないことにプロ意識を感じる。

俺は再びカチューシャの横に並んだ。今度はおのずと最高の笑顔になったはずだ。

「お疲れ様でした！」

スキンヘッドがOKを出し、全てが終わった。時計を見ると、二十六時を過ぎていた。今日は朝の生放送のために五時起きだったので、かれこれ二十時間以上起きている。さすがに眠い。家に着いたら寝酒はやめにして、歯だけ磨いてすぐに布団に入ろう。

しかし俺が荷物を肩にかけて帰るそぶりを見せても、スキンヘッドとカチューシャはまだ何か喋っていた。

俺は「ありがとう」と二人に握手を求めた。

口を塞がれたのはその時だった。後ろから太い腕に首を絞められ、目の前にいたカチューシャにガムテープを貼られた。さらに何かを頭に被せられ、視界が真っ暗になった。すぐに匂いでマクドナルドの紙袋だとわかった。

二秒後、誰かに担がれ体が宙に浮いた。数秒して椅子のようなものに乱暴に座らされると、ドアの閉まる音が聞こえた。

車？

拉致？

コンプライアンス的に大丈夫か？　やり口がヤクザ映画と一緒じゃないか。ドッキリとはいえこんな暴力的な番組、下手したら炎上するぞ。

「&%#ゅXXXX&%ぉ#」

一応、設定に乗っかって助けを呼んでみたが、うめき声にしかならなかった。手足をジタバタさせて抵抗するも虚しく、すぐに押さえられ、「暴れんじゃねーよ」とカチューシャだろう声の主に制された。それから手足もガムテープでぐるぐる巻きにされ、身動きがとれなくなった。認識できたのは、袋の向こうから赤や青に俺を照らしている信号のライトだけ。

「もう暴れんなよ。わかったら返事しろ」

そう問われたのは数十分後だった。

俺が首を縦に振ると、紙袋が取られ視界が回復した。目に飛び込んできたのは、ワゴンの中、助手席からこちらを撮影するカメラマンだった。

塞がれた口から声にならない声を叫びながら周りを見ると「川崎」と書いた案内標識が見えた。車は神奈川方面に向かっているらしい。

カチューシャは俺の目を見てニヤリと笑い、口のガムテープを外してくれた。

「やりすぎやりすぎ！　見てる人怖いって！」

俺のコメントにカチューシャもスキンヘッドも爆笑し始めた。

「ビビったの？」

「ビビるやろ」

「では意気込みまで、3、2、1、どうぞ」

は？

ポカンとしていると「喋れよ！」と頭をはたかれた。再び車内は爆笑に包まれ、すぐにガムテープと紙袋を元に戻された。


視界が不自由なまま、降車させられ歩く。靴裏の感触でアスファルトから舗装されていない道に変わったのがわかった。

何をする気だ？

立ち止まった場所は強い照明で照らされていて、紙袋越しに光を認識できた。

「お前ら、よーく見とけよ」

「オー」

「オープン！」

カチューシャの声とともに、俺の紙袋とガムテープは乱暴に剝がされた。

俺は信じられない光景を目にした。

俺は大掛かりな金網のフェンスに囲まれた場所に立っていて、フェンスの周りを半グレの集団が囲んでいた。まるで漫画や映画の地下格闘技場。これほどのセットとエキストラを用意できるなんて、いったいどれだけ予算がある番組なんだ。

チンピラの集団は俺の顔が見えた途端「おおおっ」と驚きの声をあげ、すぐさま「北渕！

北渕！」と俺の名前をコールした。

何が起きているのか理解できないまま、俺が拳を突き上げると群衆はさらに唸った。

誰かと戦わせられるのか？　番組といえど、喧嘩なんてしたくないぞ。

「どこやここ！　おい、カチューシャ。俺をどうするつもりやねん」

俺の叫びにカチューシャは少し笑って「緒方な、俺の名前」とだけ言った。その向こうからさっきとは別のカメラマンが現れ、俺の近くを撮影し始めた。

少し冷静になって周りを観察すると、上には道路が走っていた。橋か？　たぶんここは多摩川の河川敷だろう。


「待たせたな！」

大きな声が響いたのは数分後だった。声の方を見ると、なんと別の半グレの集団がこちらに歩いてきていた。仲間だろうか。

集団の中には、俺と同様、紙袋を被された奴やカメラマンもいて、かなりの大型の企画だと理解できた。

「え？　北渕？　マジで」

別集団のリーダー格らしき男は俺の顔を見るなり目を剝いた。

「大物だろ？　芸能人だぜ？」

カチューシャは得意げに返事をした。相手のリーダー格は驚いた表情のまま紙袋の男の頭を掴んだ。

「オープン！」

乱暴に紙袋が取られた。中にいたのは、なんと西本だった。

集団は一瞬「おおっ」とどよめいたあと、「ノースウェスト　ノースウエスト」とコンビ名をコールし始めた。俺もカメラを意識して、両手で彼らを煽った。

西本は呆気に取られた顔で、目をぱちくりさせていた。俺と同じく何も聞かされてないのだろう。別のカメラがその顔に近づき、アップで撮り続けた。

「お前ら、準備できてるか？」

カチューシャが金網のフェンスの中央に立って、がなった。俺がカメラに向かってファイティングポーズをとると、相方も俺にならった。コンビでドッキリなんてありがたすぎる。

カメラは全部で三台あり、一台は俺、二台目は西本、もう一つはフェンス沿いから定点で全体を写していた。

半グレたちが歓声を上げる中、その中の四人がフェンス内に何かを運び込んできた。

それはブルーシートで覆われていて、少し重たそうだった。四人のチンピラは俺と西本の間までやってくると、ブルーシートの四隅を離して地面に置いた。

なんやこれ。

「それでは始めます。相方には負けるな！　第一回、ノースウエストモノボケ対決」

　モノボケ？　対決？

　また無茶振り系のドッキリに、少し企画力のなさを感じる。さっきのバーで十分、撮れ高はあるはずだろう？

「採点は全て俺。そして、今回用意したモノはこちら」

　カチューシャがブルーシートをめくった。そこにはメリケンサック、釘の刺さった金属バット、エアガン、サバイバルナイフ、ヘルメット、鉄パイプ、鎖、特攻服、ナンバープレート、バンダナなど、大量のヤンキーグッズが用意されていた。半グレたちの私物という設定だろうか。こんなモノを使ってボケた記憶はなく、テレビでもそんなシーンを見たことはない。そういう意味では新しいかもしれない。

「北渕が先行でいいな。よーい、スタート！」

　俺は少し小道具を吟味したあと、メリケンサックを掴み、片膝をついた。

「給料三ヶ月分のメリケンサックです。俺と決闘してください」

　あたりはしんとした。手応えはなし。カチューシャの「ゼロポイント」という声が響く。次は相方の番だ。

　西本は鎖を地面にとぐろを巻くように置き、しゃがんで大便をする格好になった。

「ぶりぶり。しまった。鉄分摂りすぎた」

笑い声は全くなく、また「ゼロポイント」と響く。なかなか判定は厳しい。

俺は鉄パイプを拾って、二十秒ほど縦横無尽に振り回し、静止した。

「う〜ん。これの色違いあります？」

再び静寂に「ゼロポイント」が響く。

相方は特攻服を着て、釘のついた金属バットを構えた。

「極悪中学、四番」

半グレに寄せた笑いをしても、またゼロポイントだった。一人が「面白くないぞ」と大声で叫んだ。

西本はニヤリと笑った。

そうだよな。今までのことを思えば、これくらい大したことないよな。

客がゼロの漫才ライブ。家電量販店で商品を紹介するだけのイベント。ギャラの出ない前説。納得できない説教。数々の逆境がメンタルを鍛えてくれた。

俺と西本はそれから三十分、手を変え品を変えモノボケに挑戦し続けた。絶対にこいつらを笑わせたい。対戦の形式は取られているが、俺と西本は同じ気持ちだったと思う。

だが、叶わなかった。笑うなと指令が来ているのかと疑うほど、半グレたちは頬を緩めなかった。

汗が滴り落ちる。モノボケでこんなになったのは初めてだ。

「おい！　諦めんのか？」

諦めへんわ。そのレンズがこちらに向いてる限りな。

心ではそう思っていても体力には限界がある。俺は次のモノを選ぶふりをして、その場にへなへなと座り込んだ。

尻に痛みを感じたのはその時だった。触ってみると、先ほど忍ばせていた割り箸が出てきた。

なるほど。

良いものを見つけた。

俺はカメラに割り箸を見せたあと、割った一本を西本に投げた。俺が割り箸を折るところを見せると、西本も俺を真似た。何をするか理解したようだ。

昔、笑いの量が頭打ちで、漫才に行き詰まっていた頃、西本とこんな話をしたことがある。

結局、売れている人は全員ベタができる。ベタがうまい。効果的にベタを使える。そしてなぜか古臭さを感じない。手垢のついた方法で爆笑をとることこそが一番難しいはずなのに、それができる。ベタに相応しい顔、仕草、声のトーンを知っている。だからこそ売れている人は魅力的で、面白く、〝芸〟を見たなあと感じる。誰にも真似できない笑いと、誰でも出来る笑い――後者で大爆笑をとれることこそが究極ではないか。その証拠に、シュールなネタをする師匠はいない。

俺はバンダナを頭に巻いて、鼻から口に割り箸を挿した。手にはナンバープレートを握りしめた。西本も同じ格好になった。

さあいこう。

俺らは全力で「どじょうすくい」を始めた。ザ・伝統芸能。ベタ中のベタ。絶対にこれで笑わせてやる。笑うまで続けてやる。

俺はめいっぱい鼻の穴を見せて、カメラに変顔をし続けた。西本はフェンス越しの半グレに向けて、変な足の動きを続けている。俺らは交差し、役割を変えながらどじょうすくいを踊り続けた。

ややあって、奇跡が起きた。リズムに合わせて微かに手拍子が聞こえたのだ。俺と西本は拍手を煽りながらどじょうをすくい続けた。手拍子はしだいに大きくなり、カチューシャやスキンヘッドも手を動かし始めた。半閉鎖的な橋の下で音がこだまし、音の塊が生まれた。まだだ。まだ足りない。面白い顔はできているが、楽しいが足りない。同じ阿呆なら踊らにゃ損だ。

俺はバンダナをとってカチューシャの頭に結びつけ、ナンバープレートを渡した。踊りの動きはやめずに、お前も踊れと誘う。それからカメラをカチューシャに誘導し、腰を落とさせた。

どじょう　どじょう　どじょうはどこだ
一匹　二匹と　出てきておくれ
どじょう　どじょう　愉快などじょう
おもしろ　楽しい　どじょうの調べ

もしかしたら、この壮大なドッキリは俺たちの第二のブレイクに繋がるかもしれない。そんな予感と共に、多摩川の夜は更けていった。

スタッフから指示があり、真ん中に座った。普段絡まない豪華な芸能人に囲まれて、俺も西本も少し緊張している。

数日前のドッキリがゴールデンの特番で、そのトップバッターを任せてもらえるなんて夢にも思わなかった。

「最初のターゲットはノースウエスト」

ＭＣの東田さんに指名され、驚いたリアクションを取る。

仕事終わりの喫煙所からＶＴＲが始まった。ディレクターに「面白かったです」とベタ褒めされ、「あざす」と格好つけながらタバコをふかしている自分がダサかった。ここから撮られていたのか。

タクシーの中、「今のは俺の方がダウンタウンよりおもろいコメントしたかも、って瞬間はある」のセリフで狙い通り爆笑が生まれ、想像通りに進行する。バーで個室に誘導したシーンでは「まんまと引っかかる北渕」とテロップが流れ、スタジオがどっと湧く。

ああ、気持ちいい。芸人冥利に尽きる。

さて、ここから俺が最も楽しみにしていた半グレとのシーンが始まる。拉致は強引すぎて笑いが生まれるだろう。その後のじょうすくいの大団円では、スタジオは感動に包まれるかもしれない。さあ、来い！。

ところが、東田さんは
「以上、ノースウエストでした！　続いて、はにほへと！」


は？


本当にVTRはそれで終わりだった。

収録が終わり、SNSをチェックすると最新のツイートにたくさんのコメントがついていた。

「これめっちゃ笑いました」

「芸人ってやっぱりおもろいんやな。モノボケは微妙だったけど」

「またコラボしてください」

貼られていた動画リンクをクリックすると、タイトルが表示された。

【必見】芸人拉致ってガチで対決させてみた【まさかの相方対決】

チンピラ系YouTuberってのが今、人気らしい。

跳躍芸人

頑張っても頑張っても報われなくて、もう人生に疲れた。そんな気持ちでビルの屋上に来た。八階には俺が二十年所属していた芸能事務所があり、今日は経営方針についての大事な会議が開かれている。

この日、この場所を選んだのは、俺に嘘をつき続けてきたあいつらへの復讐のためだ。死んでやる。

俺は決意して、柵をまたいだ。下にはアスファルトが見える。人は歩いていない。

今だ！

なんどもそう思った。しかしやはり勇気が出ない。昔、水泳部で飛び込みをやっていたとはいえ、さすがに躊躇する……。

「おい、何してんだ！」

大きな声に振り返ると、屋上の入り口にはマネージャーの坂谷が立っていた。タバコでも吸いにきたのだろうか。間が悪い。

「笹倉さん、馬鹿な真似はよしてください！」坂谷は俺の顔を見てすぐに敬語に切り変えた。

「来るな！」

俺は駆け寄ってきた坂谷を制した。その顔からは血の気が引いているように見える。そりゃそうか。目の前で自分の担当芸人が飛び降りようとしているんだから。

「なんでですか？　不満があれば、なんでも言ってください」

そりゃ不満がなけりゃこんなことしないだろう。しかし説明するのも面倒だ。それに入社二年目の坂谷に文句を言ったところで、何も解決しないことはこれまでの経験で知っている。

売れる売れると言われ続けた日々。ついに日の目を浴びなかった。俺がこれまで考えたネタにはなんの意味もなかったし、考えた戦略も何一つ正しくなかった。結果が出ないとはそういうことだ。

売れるチャンスはあったが、逃してしまったと言った方が正しいかもしれない。俺は馬鹿だった。『エンタメの王子様』のオーディション。事務所に言われるがまま受けにいくと、反応は良かった。ディレクターもADも笑ってくれた。

ネタが終わると「設定は良いけれど、キャラクターにインパクトが足りない」と言われ、あれこれ指導された。劇場でウケるネタから、テレビ仕様への書き換えだ。その内容が気に食わなかった。漫談には決め台詞と音楽が足され、一番自信のあるボケはカットされた。どこか子どもっぽいと感じるネタになった。

翌週、直したネタをさらに見せると、まだキャッチーさが足りないと言われた。そこで顔にメイクをすることと、衣装のスーツをシャツと短パンに変えることが決められた。テレビマンたちが口々にアイデアを出し、「それいいね」と笑いあう。完全に相手主導で、モノゴトが決まっていった。テレビマンは世に出ていない芸人のネタには、土足でズカズカ入ってくるのだと知った。

言われた通りにネタの微調整を重ねる日々。しだいに、このままテレビに出たとしても一発屋で終わるのではないかと、不安になっていた。

俺は一発屋をバカにしていた。ちゃんと戦略を練らないから、ただ一つのネタだけを消費されテレビから消えるのだと。半永久的にそのネタだけを求められ、別の芸を披露すると期待外れのような雰囲気になってしまうのだと。

一発屋がテレビに出なくなると、世間からは「過去の人」、身内からは「チャンスを逃した人」とレッテルを貼られる。そして何年か経つと『あの人は今』のような番組に呼ばれ、同世代や年上から「懐かしい」と、若い子には「誰だよ」と言われ、四十歳を過ぎてもバイトを辞められないまま朽ちてゆく。そんな人生は御免だ。

俺は一発屋になってしまう原因は、テレビ側というより、ちゃんとテレビ界を分析できていない芸人側の怠惰だと考えていた。放送の全責任はテレビ局や制作会社が背負っている。彼らも彼らで「これは面白い」「新しい笑いだ」などと、お茶の間にプレゼンし続け、一定のクオリティを保たないといけない。だから彼らにネタの編集権があることは、不快だけど理解できる。しかし彼らは該当するネタの責任はとってくれても、芸人人生の責任をとってくれるわけではない。たとえどんな売れ方をしようとも、他の番組でどんな扱いをされようとも。

売れたい。でも一発屋にはなりたくない。

そんな思いが日々強くなっていった。そのためには王道のしっかりした芸、つまりはできるだけ話術で笑わせるネタを披露し、トークもできますよという雰囲気を残した状態で世に出ないといけない。そもそも、そのためにちゃんとスーツを着て漫談をしてきたのだ。次の打ち合わせで、自分の意見をはっきりと言おう。

——そう決めた矢先、番組が終わった。一発屋にもなれなかった。

それから十年が経ち、今こうして所属事務所があるビルの屋上で、手すりを掴んでいる。こんなはずじゃなかった。

あれから自信のあるネタはたくさんできた。芸人仲間や事務所の社員も笑ってくれ、絶対売れると言ってくれた。現にお笑い雑誌のネクストブレイク枠で、十二位に選ばれたこともある。しかしテレビのオーディションには一度も受からなかった。面白い人と、使いたい人にはそんなに差があるのだろうか。

テレビ局に行くのは前説で呼ばれたときだけだった。スタジオに呼び込まれ、注意事項を伝えたあとは、トークやギャグを披露していた。さすがにテレビの観覧に来ているお客さんはテンションが高く、スベることはなかった。時には爆笑を取ったりもした。そして必死で観客を盛り上げたタイミングで、芸能人を呼び込む。するとこれまでとは違うレベルの、芯を食った大歓声が起きる。どんなに前説がうまくいっても、そこで我に返る。誰一人として俺を見に来てないのだと。笑いを取るより、歓声を浴びることの方がはるかに難しい。

特に同期や後輩の芸人が出演者に含まれているときの大歓声は、俺の心をえぐった。彼らと俺は何が違うんだろう。俺はどこで間違えたんだろう。近くで切磋琢磨してきたはずなのに、うまくいかなかった。仲間のようで、仲間じゃなかった。いや仲間なのに、テレビによって引き裂かれたような感覚だ。彼らの楽屋に挨拶に行くと、劇場で会ったときのように笑いながら喋ることはできるけれど、ちっとも楽しめなかった。喋れば喋るほど自分と彼らの置かれた立場を比べてしまい、惨めに感じていた。それを悟られないように笑いに逃げていた。自分の控え室へ戻るといつも嗚咽していた。

バラエティの現場はいつも笑いが絶えなかったけれど、売れていない芸人にとってはちっとも健康的じゃない。

「笹倉さん、一旦こっちへ戻って来てください。ちゃんと、ちゃんと話しましょう」

俺が黙っていると、坂谷は少しこちらに近づきながらそう続けた。慎重に言葉を選んでいるようだった。

「来るな！　飛ぶぞ！」と、俺は凄んだ。

事務所は、最近では仕事を与えてくれないどころか、新しいコント番組のオーディションすら受けさせてくれなかった。社内選考で落とされるのだ。芸歴二十年の俺を。年齢がいきすぎているという理由で。許せない。

俺はこれに懸けていたのだ。十年前のオーディションで現場にいたADがディレクターとして携わる番組だと知ったから。彼に頼るしかないのだ。俺の芸を初めて評価してくれた現場にいた彼に。俺は来たるべきオーディションに一縷の望みを抱いて、数ヶ月かけてネタを仕上げた。なのに……。

「僕は、僕は笹倉さんをオーディションに推薦しましたよ」

坂谷は、あくまで自分は味方だと言わんばかりに語気を強めた。仮にそれが本当だったとしても、二年目の坂谷では意見を強引に通すことができなかったのだろう。

「でも、無理だったたんだろ？」

「はい……。もう一度、掛け合ってみます！　だから！」

「もういいって」

坂谷はオーディションを受けさせてもらえなかったことだけが、俺にこんな選択をさせたと思っているようだが、それは引き金に過ぎない。積もり積もった不合格や不当な扱い、そして満たされない承認欲求が、効果的なジャブとして俺の芸人人生にヒットし続け、こうして屋上の柵の向こうに追い詰めたのだ。もちろん、もっと自分が面白ければ、もっとうまく立ち回っていればという反省もある。とにかく俺はこの環境に、そして自分自身に失望していた。

「坂谷、事務所の未来を左右するかもしれないコント番組のオーディションに、四十歳を過ぎたオッサン行かせられないよ」

「え？」

「勢いのある若手の方が受かる可能性が高いし、視聴者も見たいさ」

俺は何を言ってるんだろう。涙目になった坂谷を見て、とっさに擁護してしまった。

「俺がディレクターでも、俺を選ばない。だからお前のせいじゃないよ」

「すみません」

「気にすんな」

はあ……。なんで俺が慰める側にまわってんだよ。空気を読んで、相手の感情に合わせてんじゃねーよ。心の中でそうツッコんだときだった。

「やめろ！　早まるな！」と、下から大きな声がした。通行人が俺に気付いたのだ。

その声はすぐさま他の通行人の足を止め、人だかりとなった。こちらに向かって何か叫ぶもの、悲鳴をあげるもの、急いでスマホを取り出すもの。みんなが俺に注目し始めた。

自殺しようとする人間を目にしたとき、人はどんな行動を取るのだろうか。そこには、彼らの人生のどんな経験が影響しているのだろう。俺は死のうとしているはずなのに、不思議なほど冷静にそんなことを考え、野次馬たちをじっくり観察しさえしていた。失うものがないことからくる落ち着きなのか、すでに覚悟を決めたからなのか、自分でもわからなかった。

彼らはさらに騒ぎ立てた。遠くからパトカーの音も聞こえた。

死ぬ前にこんな形で目立ちたくなかった。事務所のみをターゲットにした復讐のつもりだったのに。

「さあ、こっちへ」と、いつの間にか真後ろに来ていた坂谷は、俺に手を差し伸べた。

「やめろよ。優しくすんなよ」と、俺は振り向き手を払いのけた。「もうこりごりなんだよ。希望だけ持たされて、実際は何も思う通りにいかないんだから」

「すみません」

いちいち謝られると調子が狂う。時には相手の反応を見て優しくしてしまったり、自分の感情を優先して語気を強めてみたり、俺のスタンスには昔から軸がない。軸がないことが己の弱さに直結することを学んできたつもりだけど、常に意識していないと状況に流されてしまう。結局、俺は慣れ親しんだ弱い俺のままだ。

下を見ると野次馬は三十人を超えていた。パトカーの音がもう近い。

すんなり諦めさせてくれよ。この世界も、人生も。何もかもが計画通りいかないもんだ。

「坂谷、ありがとな」

「え？」

俺は再び体を外に向け、目をつむり、無心になった。体が風に揺れる。このまま一体になり、下に落ちるのだ。

ついに左手を手すりから離した。

そして右手を離すと同時に「すみません」と、再び坂谷が謝った。その瞬間、体が宙に浮いた。

ふわり。

一瞬何が起きたのかわからなかった。視界一面に大きな空が広がったあと、世界があべこべになった。同時に激しい痛みが首を襲った。「こうするしかありませんでした」と、俺の下から坂谷の声がした。そこで理解が追いついた。坂谷は柵の向こうにいた俺にしがみ付き、抱え上げ、バックドロップをかましたのだ。

俺は心底、嫌気がさした。死ぬこともできない。何一つ、自分の決めたことをやり通せない。今回だけは貫き通そうと決めていたのに。

俺は、俺の手で、俺のやりたいことを、やりたい。

俺は仰向けになったまま、作戦を立てた。まずは邪魔者を排除しないといけない。

「ごめん、悪かったよ」

俺は起き上がり、坂谷を引っ張り上げた。手に触れたときの体温が尋常じゃなく高かった。かなり興奮していたようだ。華奢な体でバックドロップなんてしたのだから、火事場のバカ力ってやつかもしれない。

「心配かけて悪かったな」

「考え直してくれましたか？」

「まあ。どうしても飛び降りさせてくれないし。もう一度、芸人頑張ってみるか」

「笹倉さん。ありがとうございます」

坂谷の目から涙がこぼれる。

「バックドロップなんか初めてされたよ」

「僕も初めてしました」

まだ首が痛い。さすりながら下を見ると警察が到着していて、若いのがトランポリンを用意していた。いや、ここから飛んで、そんなので助かるわけがないだろ……。

「何笑ってるんですか？」

「いや、別に」

俺と坂谷は肩を組んで、屋上の出入り口に向けて歩いた。

よし、今だ！

俺は出入り口のドアを引くと、坂谷の肩に回した腕に思い切り力を込めて、投げ飛ばした。

坂谷は階段から転がり落ちた。すまん。こうするしかなかったんだ。

近くにあったベンチでバリケードを作ると、俺は全力で屋上を走った。後ろを振り返ることはなかった。このまま柵を乗り越え、思い切り飛ぶのだ。何も考えるな。全て忘れて、死ぬことに集中しろ。

俺は柵を乗り越えた。そして足を揃え、一度軽くジャンプしてから、思い切り飛んだ。まさか人生の最後にそんな飛び方をしてしまうなんて思ってもみなかった。飛び込みをしていたときの癖が残っていたのかもしれない。おかげであまり躊躇することなく、身を宙に投げ出すことができた。

ああ……。落ちてゆく……。

大きな悲鳴が耳に入る。悪いな、こんなもん見せて。でもこれでいいんだ。これでやっと解放される。

事務所、芸人たち、関わってくれた全ての人、ありがとう、恨んでるぜ……。

そんなことを思いながら目を瞑る。

数秒後、俺は大きな音を立ててアスファルトとぶつかり、全身を強く打つだろう。少し頭が下になっているから、まずは頭蓋骨を骨折する。脳みそが飛び出る。首の骨も折れるかもしれない。それから全身を打ち、複雑骨折する。長年愛用していた胃や腸などの内臓がぐちゃぐちゃに飛び出す。そしてゆっくりと血液が体の下に広がっていく。野次馬は騒ぎ立てる。それをかき分けて警察が駆けつけ、ブルーシートで囲まれる。数十分後にマスコミが駆けつける。しかし死体の俺をカメラで映すわけにはいかない。俺はここでもテレビに出られない。最期までスクリーンとは無縁だ。こうして芸人として成功する夢は叶わぬまま消えてゆく。そうなるはずだった。

俺は、全身を強く打たなかった。

それどころか俺の体はアスファルトまで到達しなかった。警官の用意したトランポリンにうまくキャッチされてしまったのだ。その瞬間、再び宙に舞い上がった。ビヨヨヨヨンと、間抜けな格好で。

最悪だ。こんなに恥ずかしいことはない。人生の最期に恥辱を受けている。

野次馬の悲鳴は小さくなり、なぜか少し笑い声が聞こえた。俺が笑わせたわけではない。笑われている。あってはならないことだ。

次だ、次こそはキャッチされてはいけない！　俺は空中で体勢を立て直し、トランポリンのない場所へ落ちようと必死でもがいた。

しかし空中で移動するのは至難の技。あっという間に地面に近づき、再びトランポリンにキャッチされてしまった。願い叶わず。またもや空中に投げ出され、ツーバウンド目が始まった。

少し歓声が聞こえた。俺に向けてのものか、警察に向けてのものかはわからない。どっちにしろ気分が悪い。その間にも体は最高到達点に到着し、三度目の落下を始めた。どうしたら死ねるんだ。考えろ。考えるんだ。俺は空中で知恵を絞った。しかしこんな状況で良い答えなど出るはずがない。気がついたらまたもやトランポリンの餌食になり、三バウンド目が始まった。

そうだ！

閃きは一瞬でやって来た。自分を天才だと思った。

俺は最高到達点で姿勢を整えた。

四度目の落下は、今までで一番美しかった。俺は足を揃えて、あえてトランポリンに飛び込んだ。そしてさらに高く宙に舞った。

四バウンド。

野次馬の笑いや歓声は消え、ただただ唖然としている顔が見える。

五バウンド。

警官たちは笛を吹き、何かを叫んでいる。

六バウンド。

会議をしている事務所のブラインドが開いた。

俺はかまわず飛び続け、サービスで後方宙返り二回ひねりを披露してやった。再び歓声が上がった。まさか飛び込みの経験が、こんな局面で生かされるなんて思ってもみなかった。

七バウンド目には、空中で足を組み、大仏の格好をしてみた。その場が笑いに包まれた。警官たちはメガホンで「直ちにやめなさい」などと叫んでいる。やめるもんか。

俺はさらにトランポリンを使って、飛び続けた。

十バウンド。十五バウンド。二十バウンド。どんどん回数を重ねてゆく。

野次馬が野次馬を呼び、俺は百名を超える人に囲まれていた。

窓からは事務所の重役たちが慌てふためいた表情でこちらを見ていた。「笹倉、やめろ」と紙に書き、窓に貼ったのは、マネジメント部統括の仁科だ。しばらくするとその文字は「オーディション合格」に変えられた。

だが、もう遅い。賽は投げられた。それに俺の漫談も見ていないのに「合格」だなんて、芸人として評価されたとはいえない。俺は自分の頑張っているもので、培ってきた芸で評価されたいのだ。

五十バウンド。五十一バウンド。五十二バウンド。

向かいのビルの予備校の生徒たちは、窓から俺の写真を何枚も撮っていた。それがSNSに載せられたのか、百バウンドを超えるとマスコミも集まって来た。初めて自分に向けられる大きなカメラ。だが俺はトランポリンでテレビに出たいわけじゃない。それにあれはおそらくバラエティ班じゃなくて、社会部のカメラだろう。どいつもこいつも勘違いしやがって。

百五十バウンド。百五十一バウンド。百五十二バウンド。

警官の人数も増えてきた。

二百バウンド。二百一バウンド。二百二バウンド。

よし、これくらいで良いだろう。場は整った。

俺は作戦の決行に取り掛かった。これが二十年芸人を続けてきて、評価されなかった男の最期の姿だ。社員ども、テレビマンども、目に刻め。

二百三バウンドおおおお！

俺はトランポリンの真ん中に着地し、足に力を込めて高く高く飛び上がった。そして屋上の手すりを掴み、よじ登った。まさか誰も上に戻るとは考えていなかっただろう。これ以上、邪魔されてたまるかよ！

俺は疾走した。そしてビルの反対側まで走り、柵を乗り越え、両手を広げて飛んだ。

あばよ、この世。

しかし目に飛び込んできたのは、まさかの二台目のトランポリンだった。

さすがだ。警官もプロである。俺は再びビヨヨヨヨンと間抜けな格好で宙に舞い、作戦はまたもや失敗した。

夕方になった。あれからどれくらい自殺未遂を繰り返しただろう。ビルはトランポリンで囲まれており、東西南北どこに飛んでも対応されてしまう。もはや飛び降りる場所はなく、俺の作戦は頓挫した。

俺は飛ぶのに疲れ、屋上で仰向けになった。

なんでこんな俺を生かそうとしてくれるんだろう。俺の漫談には誰も耳を傾けてくれなかったのに。誰にも求められてないのに、死なせてもくれない。あまりに残酷だ……。

夜になりそっと外を覗くと、トランポリンはさらに増え、ビルの周りは二重に囲まれていた。その横には警察のテントが張られ、中が煌々と光っている。対策本部のようなものだろうか。

このまま屋上に居続けてたら、俺はただの立て篭もり犯になってしまう。人質は〝俺の命〟。それは俺のものなのに、俺のものじゃない。なんて奇妙な感覚なんだ。しかしいくら考えても、俺がこのような行為をやめない限り、警察も引き下がらないだろう。

もっと頭を使って作戦を練らないといけない。

俺は夜通し考えた。ネタを書くとき以上に頭を使ったかもしれない。そして朝が来る頃、方針が決まった。

隙をみて、飛び続ける。

これに尽きる。もしかしたらトランポリンのゴムが弱くなり、破れ、地面に到達できるかもしれない。

俺は長期戦になることを予測して、立て篭もり犯も演じることにし、出入り口のバリケードを強化した。

翌朝、とりあえずパンを要求すると、その一時間後、上空のヘリから落としてくれた。

警官は相変わらず「やめなさい」だの、「観念して降りて来なさい」だのメガホンで叫び続けていたが、俺は無視し続けた。そして昼食どき、相手の油断している隙間を縫って飛んでみたが、ささっとトランポリンを移動され、またもやビヨヨヨヨンと屋上に戻って来た。


飛び始めて一週間もすると、俺と警察たちの関係は、なあなあになってきた。俺もどうせ死なないと思って飛んでいたし、警察たちもアクビをしながら跳ねる俺を見ていた。こうなるともはや自殺未遂ではなく、ただの跳躍である。

時には宙返りをリクエストしてきたし、また時には「今、トランポリンないですよ〜」と、フェイントをかけてきたりもした。もちろんそれは嘘で周りはトランポリンで囲まれており、屋上で怒る俺を見て彼らは笑っていた。

「こんな楽しいの、警察になってから初めてです!」

顔なじみになった警官に、そんな風に叫ばれたこともあった。俺は気分によって跳んだり、跳ばなかったりした。

マスコミも相変わらずカメラを持って撮影していた。スマホでテレビを確認すると、ワイドショーは俺の話題で持ちきりだ。事務所が毎日テレビに映る俺のギャラを、テレビ局に請求したとも言っていた。どんだけがめついんだよ。

さらに事態が変化したのは、跳び始めて二週間が経ったころだった。「東京大学に受かりますように！」とビルの下から大きな声が聞こえたのである。

不思議に思い下を覗き込むと、そこには壁に向かって手を合わせている学生がいて、後ろには長い行列ができていた。

どうやら向かいの予備校の生徒がＳＮＳに「落ちない男がいる」と、俺の動画を投稿しまくった結果、俺は全国の受験生の間で噂になっていたらしい。ビルも「落ちないビル」として知名度を高め、みんなに拝まれたり、絵馬を貼り付けられたりしていた。

跳び始めて一ヶ月が経った。俺は受験生の間でヒーロー的存在になっていた。ちょうど夏休みに入ったこともあり、絶えず全国各地から願掛けに訪れているし、俺の姿をスマホの待ち受けにしているやつもいるらしい。俺も彼らを応援したい気持ちが湧いてきて、毎日午前と午後の二回、三回転捻りを跳んでやることにしている。

立てこもり犯としても順調で、雨よけのテントや懐中電灯もゲットした。食べ物もリクエストするとだいたい通るし、スマホの充電器や延長コードも与えてもらった。性欲以外の全てものはこの屋上で満たすことができている。

しかしいつか、こんな生活にも終わりが来るだろう。
人は飽きるからだ。
それに俺の体にも、少しガタが来ているのはわかっている。
俺が跳べなくなったとき、俺はどうなるのだろう。
そう考えると死にたくなるほど不安になる。

まい君

「いや、どこ行くんだよ。もういいよ」

「どうも、ありがとうございました」

相方の最後のセリフが終わると、二人でお礼を言って客席に頭を下げた。

一秒、二秒。

下げ囃子が鳴り始めると、顔を上げて袖に向かう。僕の立ち位置は下手なので、いつもの劇場では相方より先に舞台袖まで到着する。舞台が暗転していても、スタッフさんが貼ってくれた蓄光テープのおかげで舞台袖は真っ暗にはならない。おぼろげな緑の光を辿りながら大楽屋に繋がるドアを開け、視界が回復すると自分の荷物を目指す。

到着するとジャケットを脱ぎ、ネクタイを外し、革靴を脱ぐ。それからスラックスを脱ぎ、ジャケットと共にガーメントバッグにしまう。私服に着替え終わると、リュックからウェットティッシュを取り出し、隅から隅まで革靴を拭く。それから缶珈琲を飲みながら漫才の反省点をスマホにメモり、楽屋のモニターで漫才を見ていた芸人に感想を聞く。

ここまでが僕の出番終わりのルーティーンだ。何の変哲もないし、他の芸人もこれと似たようなものだろう。

ただ、僕にはもう一つ、誰にも知られていないルーティーンがある。それは劇場のマイクを拭くことだ。

劇場では昼から夜まで色々なライブを開催しているが、僕の出演がその日の最終ライブだったとしよう。漫才が終わり着替えを済ませても、僕はまだ帰らない。他の芸人や構成作家、劇場スタッフのほとんどが帰るまで、楽屋で時間を潰す。

残り二、三人になると、僕は自前のタオルを持って舞台袖に向かう。すでに暗くなっているので、一箇所だけ電気を点け、端の方に置かれているサンパチマイクを舞台袖の広いところまで運んできて拭くのである。濡れたタオル二枚と乾いたタオルの合計三枚を使って、隅々まで丹精を込めて磨き上げるのだ。

翌日にも出番があると、僕は舞台袖と客席を仕切っている黒幕の隙間から顔を覗かせ、他の芸人の漫才を見るふりをしながらマイクを確認する。照明に照らされて輝くサンパチマイク。漫才師の間に凛と立つ美しい姿を目にすると、拭き甲斐を感じる。それでも何日間か芸人の漫才を吸収し続けると唾で汚れてくるので、また拭かないとなあと思うのである。

なぜ衣装や靴にこだわる芸人たちは、マイクを磨かないんだろう。これは僕が芸人になり、初めて劇場に所属したときからの疑問だ。そう思うのは、僕が野球部出身であることに由来しているのかもしれない。

野球はたくさんの道具を使うスポーツだ。中学のときは人数も少なく、マネージャーもいなかったので、部員みんなでボールを磨いた。週に一度はピッチングマシンも磨き、ベルトの磨耗も点検していた。

高校はそこそこの強豪校だった。僕はレギュラーではなかったけれど、いやレギュラーになれなかったからこそ、三年間、道具を整備し続けた。迎えた最後の試合、味方の怪我もあってベンチ入りさせてもらった。そして終盤、代打で出場して逆転ホームランを打った。そんなミラクルは道具を整備し続けてきた日々がもたらせてくれたものだと勝手に思っている。

美しくものを使いたい。正しくものを使いたい。

僕が幼い頃から大切にしてきた思いだ。衣装や楽屋をきれいに使うだけでなく、マイクまで美しく使い続けていれば、いつか漫才の神様が振り向いてくれると信じている。

今日も僕はタオルを三枚持って、誰もいなくなった舞台袖へと向かった。

電気を点けると、スタッフさんが座るパイプ椅子が折り畳まれて並んでおり、その横にサンパチマイクが立っていた。劇場にはほぼ毎日出ているけれど、夜遅くの出番は久しぶりだったので、一週間ぶりのルーティーンだ。

まずはしゃがんで膝の上にマイクを寝かせ、濡れたタオルで足の裏を拭く。言わずもがな、床との接着面は一番汚れているので、すぐにタオルが真っ黒になる。これで一枚目のタオルは終了。

次にマイクの足元から胴体まで濡れたタオルで拭き、上から乾いたタオルで仕上げる。ここはあまり汚れてはいないけれど、いちおう拭いておきたい。

マイクの頭は乾いたタオルで拭き、道具箱から取ってきたエアスプレーを網の部分に噴射する。これでほとんどの汚れは落ちるが、それでも何かこびりついていると綿棒を使うこともある。本当は網の部分を取り外して内側からも清掃したいけれど、万が一壊れたら責任をとれないのでやめておく。終わったら『SONY』の文字を濡れたタオルで拭く。

最後にケーブルだ。これも床に触れるだけあって、ひどく汚れている。マイクの頭から飛び出た部分を辿り、どんどんコンセントの方まで濡れたタオルで拭いていく。これでルーティーンは終了。たった十分で劇場や漫才に少し恩返しできた気分になる。

「明日も頼むぞ」

僕はマイクを元あった位置に戻し、少し撫でた。ザラザラした無機質なマイクでも、愛情を注ぎ続けることで、もう一人の相方のように感じてくる。僕の書く台本を最終的に演芸に昇華してくれるのはマイクだ。

僕はタオルを拾い、舞台袖の電気を消した。

声が響いたのは、その時だった。

「どうも、ありがとうございました」

聞き覚えのある声だ。誰か来たのか？　僕は再び電気を点けて確認したけれど、誰もいなかった。最近ライブも多いし、疲れているのかもしれない。

再び電気を消そうと壁のスイッチに近づくと、また声が聞こえた。

「ありがとうございました〜」

先ほどと声色が違う。しかしこの声も聞き覚えがある。

「岸本？」

僕は似たような声の主を思い出し、後輩の名前を呼んでみた。しかし返答はない。

「小西さん？」

先輩の名前にも反応しない。仕方なく電気を消すと、今度は「おおきにやで！」との声。

これは……、舞台監督の旗本さんの声だ！　間違いない。

「もう！　いるなら言ってくださいよ。旗本さん」

僕は確信を持って電気を点けたが、誰の姿も見えなかった。おかしいな。怪訝な気持ちで、そおっと舞台袖から客席へ回る。

「おーい。誰かいますかぁ？」

しばらく待っても返事がないので、恐る恐る客席を歩いた。無数の椅子が並んでいるだけで、人影らしきものは見えない。

僕は客席の中央から舞台に登り、あたりを見渡した。暗くて奥までは見えなかったけれど、やっぱり人の気配はしなかった。

「腹筋、背筋、ポチョムキン」

サンパチマイクを置くための場ミリの上に立ち、全力でギャグをしてみる。自分の大声が客席を駆け抜け、耳まで返ってくる。

「腹筋、背筋、ポチョムキン」

「腹筋、背筋、ポチョムキ〜〜ン」

あまりウケたことのないギャグが、何度も空虚を駆け抜ける。空気は冷たく、誰も何も言わない。

しだいに気味が悪くなってきた。暗い客席を眺めていると、誰かに聞いた「全ての劇場には霊が潜んでいる」という話を思い出したからだ。生涯爆笑を取り続けた師匠が命尽きてなお見守ってくれているだとか、志半ばで夢を諦めた芸人が亡くなった後に化けて出ているだとか、全く信じていなかった都市伝説ほど、こういう時に臨場感を持って襲ってくる。

鳥肌が立ってきた。もう帰ろう。

僕は反対側の舞台袖から大楽屋へ帰ろうと踏み出した。その時だった。

「いや、どこ行くんだよ。もういいよ」

袖から相方の声が聞こえた。

いたのかよ！

しかも相方かよ！

そういや相方に「いつも帰るの遅くない？」と聞かれたことがある。だからわざと残って、僕が何をしているのか見ていたのだろうか？

一人でマイクを拭いていると言ったら笑うかもしれない。気持ち悪がられるかもしれない。それにちょっぴり恥ずかしい。でも説明したら納得してくれるはずだ。

僕は走って、舞台袖に戻った。しかしそこに相方の姿はなかった。

「根木、どこだ？　隠れてるのか？」

そう尋ねても、物音すらしない。

「マイクを拭いてただけだよ。出てこいよ」

自分の声だけがこだまする。

「お〜い。根木。いるんだろ？」

「じゃあ俺が上京するミュージシャンやるから、お前その親友として駅まで見送りにきてよ」

また相方の声がした。しかもさっき舞台で披露した漫才の一節だ。意味がわからない。

僕は恐る恐る、漫才の続きを再現してみる。

「根木！　連絡くれないなんて水臭いじゃないか」

「斎賀、来てくれたのか。ついにこの町ともお別れだ。絶対、東京でビッグになってやる」

と、相方の声が続く。

「頑張れよ。絶対ミュージシャンの夢叶えろよ」

「ああ」

「俺もここ横浜で頑張るよ」

「いや近すぎるわ。東横線で一本じゃねーか。最悪、通えるから。もっと遠くだよ」

「桜木町で頑張るよ」

「一駅だけ離れられても！　もっと遠くだわ」

「わかったわかった」

僕は見えない相方と掛け合いながら、その姿を探した。大きなセットの裏、幕と幕の間、小道具が並んだ机の下。しかしどこにも相方の姿はない。

「根木！　連絡くれないなんて水臭いじゃないか」

「斎賀、来てくれたのか。ついにこの町ともお別れだ。絶対、東京でビッグになってやる」

「頑張れよ。絶対ミュージシャンの夢叶えろよ」

「ああ」

「俺もここニューヨークで頑張るよ」

「いや遠すぎるわ。ニューヨークから東京って。夢破れた感出ちゃうから。もっと、ちょうどいいとこあるだろ」

「じゃあどこにすればいいの？」

「ん〜、金沢」

「八景？」

「あるけど。京急線の金沢八景。それも横浜だわ。もう一回やって」

耳の感覚で、だんだん声がする方に近づいているのがわかる。だがそこには、パイプ椅子とサンパチマイク以外は見当たらない。

「根木！　連絡くれないなんて水臭いじゃないか」

「斎賀、来てくれたのか。ついにこの町ともお別れだ。絶対、東京でビッグになってやる」

「頑張れよ。絶対ミュージシャンの夢叶えろよ」

「ああ」

「俺も金沢で頑張るよ」

「頑張るって。お前もなんか夢あるのか？」

「ああ。実は俺、国会議員になってこの国を変えたいんだ」

「上京しなくて大丈夫？　お前の方こそ。東京出た方が色々吸収できると思うけど」

「あと歌舞伎役者にも挑戦したいんだ」

「上京しなくて大丈夫？　育成してもらえる場所ないと思うけど」

「力士にもなりたいんだ」

「上京しなくて大丈夫？　地方に弟子入りできる部屋ないと思うけど」

「蛇使いにもなりたいんだ」

「日本にいて大丈夫？　インドとか行かないと叶わないと思うけど」

「あと」

「もういいよ。変な夢ばっかり。もっと普通の親友してくれよ」

ついに声の出処を特定した！　なんと僕がさっき磨いたばかりのマイクだった。奇妙な現象を目の当たりにして、開いた口が塞がらない。

録音機能でも付いているのだろうか？

僕はマイクを持ち上げて耳をすました。

だがさっきの勢いはなく、黙ってしまった。謎をなんとか解明してやろうと、僕はまた舞台袖の真ん中までマイクを引っ張り出した。

確か、最初に言葉を発したのはタオルで拭いたあとだったはずだ。

僕は再びマイクの頭を拭いてみる。

「どうも、ありがとうございました」

「ありがとうございました〜」

「おおきにやで」

「サンキュー」

今度はさっき聞いたものに加えて、四人の声がほぼ同時に発せられた。続けて拭いてみる。

「ありがとな」

「ありがとうございました」

「おおきにおおきに」

間違いない。どれもこの劇場に出ている芸人やスタッフの声だ。

今度はマイクをポンポンと叩いてみる。

「斎賀、何してんだ、やめろ、斎賀、やめろって、斎賀」

再び相方の声がした。別のネタのものだ。こいつ、もしかして……。

「お前、喋れるのか？」

「はい」

僕は尻餅をついた。マイクと会話ができたぞ。信じられない。

起き上がりもう一度、問いかけてみる。

「意思があるのか？」

「はい」

「だからタオルで拭いたら、お礼を言ってくれたのか？」

「はい」

「拭かれたら気持ちいいのか？」

「はい」

「僕に感謝してくれたのか？」

「いいえ」

なんでだよ。

「なんでだよ！　感謝してくれたっていいだろ」

そうツッコんだときだった。

「なんやお前、まだおったんかいな」と、ドアを開けて旗本さんが入ってきた。

時計を見ると二十三時半を過ぎていた。こんな時間まで劇場にいたのは初めてだ。終電に間に合わないかもしれない。

僕は「お疲れ様です」とだけ返事をし、今の一連の出来事を話してみようか迷っていた。

「なんや忘れもんか？　違うなら早よ劇場出てや。スタッフが帰られへんから」

「あの……このマイクって」

「誰やこれ、マイク出しっ放しやんけ」

旗本さんはそう言って、マイクを定位置まで戻した。僕は何をどう聞いていいかわからず黙っていた。

結局、その日は旗本さんと一緒に劇場を出ることになった。駅まで向かう途中に「ポチョムキンって何なん？」と聞かれて小恥ずかしかった。


「なあ。斎賀、聞いてんの？」

「え、ああ。聞いてる」

翌日は昼間に出番があった。僕は喋るマイクのことが気になって出番前のネタ合わせに集中できず、相方に怒られた。「もっとわかりやすい方が良いと思わない？」と尋ねられたが、ネタのどの部分のことを言っているのか見失ってしまった。しかし素直に聞き直すと話を聞いてなかったことになってしまうので、「そうだね」と答えた。

「だよな。じゃあ、本番までに代わりのボケ考えといて」

相方はそう言って、同期たちの輪に加わった。言いたいことは終わったようだ。

昨日の感じだと、ネタの後半にウケが弱い部分があった。上京するために電車に乗った相方をセグウェイで追いかけるくだりと、電車に乗った相方に一曲歌わせるくだり。僕はしばらく一人で壁を向いて、ボケの代案を考えた。

「タテヨコナナメさん、もうすぐ出番です」

数十分後、スタッフさんに呼ばれて舞台袖に向かう。代案のボケは考えたけれど、うまくブラッシュアップできているかはわからない。

舞台袖に着くと、舞台と客席を仕切っている黒幕の継ぎ目から目をひそめ、二つ前のコンビのネタを見るふりをしてマイクを見た。『SONY』の文字が輝いている。美しい。

ネタが終わると、僕は満足して舞台袖に戻った。同時に一つ前のトリオが舞台上に飛び出していった。演目はコントだったので、マイクは舞台袖に戻ってきた。昨日の出来事が嘘のように、マイクは何も喋らず凛と立っている。僕はマイクを自分たちの高さに調整しながら、小さい声で「元気か?」と聞いてみたが、返答はなかった。

「斎賀さん、根木さんは?」

進行スタッフが焦った様子で尋ねてきた。そういや相方がまだ来ていない。やばい。僕はボケを変えた部分を舞台袖で伝えないといけないと思っていたが、もう時間がない。

結局、別のスタッフが急いで呼びに行き、相方が焦りながら舞台袖に来たのは出番直前だった。

すぐに出囃子がなり、舞台へ飛び出す。

「どうも、タテヨコナナメです。お願いします」と、相方が自己紹介をする。

「お願いします」と僕も添えて、一礼する。

「いきなりですけど、ドラマとか見てると憧れるシーンがありまして、ミュージシャンの夢を持った青年が、ギター片手に上京するところね」

「ああ、親友が駅に駆けつけてくる別れのシーンだ。青春だねえ」

「俺その上京する青年に憧れてるから、今日は気分だけでも味わいたいな〜と思って」

「いいよ。僕もちょうど見送る親友に憧れてるから、気分だけでも味わいたい」

「珍し！　そっちに憧れてるんだ。じゃあ俺が上京するミュージシャンやるから、お前その親友として駅まで見送りにきてよ」

「オッケー。じゃあ、ここからは漫才中にコントに入るってわけね？」

「言わなくていいよ。だいたいわかるから」

相方はそう言って、僕に背を向けて演技に入った。

僕は相方の後ろ姿に向けて、言葉を投げる。

「根木！　連絡くれないなんて水臭いじゃないか」

「斎賀、来てくれたのか」

相方がこちらを振り向き、セリフを続ける。

「ついにこの町ともお別れだ。絶対、東京でビッグになってやる」

「頑張れよ。絶対ミュージシャンの夢叶えろよ」

「ああ」

「俺もここ横浜で頑張るよ」

「いや近すぎるわ。東横線で一本じゃねーか。最悪、通えるから。もっと遠くだよ」

「桜木町で頑張るよ」

「一駅だけ離れられても！　もっと遠くだわ」

相方から殺気を感じたのはこの時だった。お客さんにバレない程度に目が座っている。

おそらく、わかりやすく変更した方がいいと示唆されたのは、直前の「桜木町」というボケだったのだ。確かに僕もそう思っていた節はある。横浜方面に詳しくないと馴染みがないかもしれない。いっそ、鎌倉とかにした方がよかったか。

一瞬、そんな考えが頭をよぎり、言葉が詰まる。相方はもう背中を向けて次のくだりのスタンバイをしている。次は僕のセリフなのに。

漫才は少しでも変な間があき、喋るリズムが狂うと客席に伝わってしまう。「あれ、ネタを飛ばしたのかな？」と余計な心配が生まれる。何も考えず気楽に笑ってもらうには邪魔な感情だ。

コンマ一秒。

「根木！　連絡くれないなんて水臭いじゃないか」

セリフが舞台に響いた。しかし僕の口から発せられたものではない。

マイクが助けてくれたのだ。

「斎賀、来てくれたのか」

相方が振り向き、そのまま演技が続いた。どうやら僕の声じゃないことはバレなかったようだ。

僕はなんとか持ち直し、無事に漫才を終えた。結局、出番前に考えたボケは封印し、後半は何も変えなかった。ウケは昨日と同じくらいで、可もなく不可もない。けれど、拍手笑いも一回取れたし、磨けば良くなるかもしれない。

「桜木町、変えないの？　思いつかなかった？」

「ごめん。鎌倉にしようとしたけど、忘れてた」

「次から頼むよ」

相方とはそんな会話をして、反省会は終わった。


ライブが終わると、カフェでネタを書いて時間を潰し、夜になると再び劇場に戻った。今夜もマイクと喋りたかったし、漫才を助けてくれたお礼を言いたかったからだ。

大楽屋に入ると、芸人もスタッフもほとんど帰っていた。僕は荷物からタオルを取り出し、すぐさま舞台袖へ向かった。

マイクは昨日と同じ位置に立っていたので、再び中央まで持ってきた。

「今日は助かったよ。ありがとう」

「ええで」

また誰かの、聞いたことのある声だった。やっぱり会話として成立しているということは、意思があるのは本当なのだろう。

「君は生きてるの？」

「さあ」

「僕らのネタ覚えてくれてるんだね」

「はい」

「どうやってセリフを覚えたの？」

「さあ」

「他にもたくさん喋れるの？」

「そうだよ」

「じゃあお前の好きな言葉を教えて？」

「は？」

「お前の好きな言葉を教えてよ」

「お前って誰に言うとんねん。殺すぞ！」

キレの良いツッコミが返ってきた。先輩の声で、漫才でよく使うフレーズだった。もしかしたら、意思があるとはいえ、漫才で聞いたものしか言葉にできないのかもしれない。

とはいえ、ここは劇場。十五組が出演するライブが一日に四回あるとして、吸収できる漫才の量は六十本。かける三百六十五日。計算すると、二万一千九百本。一年でそんなにセリフを吸収しているなら、とんでもない数だ。

「君は今まで漫才で聞いたセリフを録音して、喋ってるの？」

「そうやねん」

「全部覚えてるの？」

「当たり前じゃないか」

やっぱり仮説は当たっていた。

「もうちょっと質問していい？」

「嫌って言ってもどうせするやんけ！」

「生徒驚愕！　校長先生が朝礼台で言った一言とは？」

マイクは急な大喜利に、間髪入れずに答えた。

「職務質問うっとおしいわ」

「このヤンキー珍しいなあ。特攻服に書いてあった文字は？」

「ピザ、ピザ、ピザ、ピザ、ピザ、ピザ、ピザ、ピザ、ピザ、ピザ」

「セルジオ越後さん、ちゃんと解説してください。なんと言った？」

「僕のこと知ってるよ〜って言う人？」

「声に出して読みたい日本語、今年の第一位は？」

「じゃあお前、電車の乗客やれよ、俺痴漢するから」

「こんな朝ドラは見る気がしない。そのタイトルとは？」

「最近サウナにハマってるんだよね」

面白い。

毎日、面白ワードをシャワーのように浴びているだけある。漫才で吸収したワードを効果的に選んでいる。

「君、すごいね！　めちゃくちゃ面白いよ」

「すごいだろ」

「うん、すごい。すぐに思いつくの？」

「そうだよ」

「へえ～！　お前と友達になれて良かったよ」

「お前って誰に言うとんねん。殺すぞ！」

やっぱり反射神経は抜群だ。脳的なものがあるのだろうか。それとも高性能ＣＰＵが搭載されていて、最速で最適な会話の答えを導き出しているのだろうか。

「そういや君はさ、名前はなんて言うの？」

「えっ」

マイクが言葉に詰まったのは、初めてだった。

「名前ないの？」

「うん」

「じゃあ僕がつけてあげるよ」

「余計なことするなよ」

「じゃあ、マイクだからまい君。まい君いいじゃん、覚えやすくて」

「ダサ！　門左衛門くらいダサいわ」

「まい君に決定！」

「最悪や」

そう言うと、マイクは小刻みに震えたように見えた。もしかしたら少し喜んでくれたのかもしれない。

その時だった。大楽屋に通じているドアが開いた音がした。旗本さんかと思い振り返ると、入ってきたのは恰幅の良い年配の男。どこかで見覚えがある。

え、まさか！

「斎賀か。毎日マイクを拭いている芸人がおるって聞いて、おもろいな〜と思って来てみたら」

なんと事務所の社長の富士原さんだった。喋ったこともないのに、僕の名前を覚えてくれている。

富士原さんの後ろから、ニヤニヤしながら旗本さんがこちらを覗いた。気づいていたのか、僕のルーティーンに。

「お疲れ様です。芸歴七年目、タテヨコナナメの斎賀です」

「知ってるっちゅうねん。ようテレビの前説に来てるやん。ネタは見たことないけど」と、朗らかな表情で富士原さんが続ける。

僕は緊張からうまく言葉を発せなかった。富士原さんは芸人のマネジメントからキャリアを始め、若い頃から担当していた多くの芸人をテレビタレントに育ててきた。彼らが冠番組を持つようになると、時にはドッキリの仕掛け人として、時には敏腕マネージャーとしてテレビに出演する人物なのだ。芸人からの信頼は厚く、視聴者からもそのおっちょこちょいな行動と表裏の無い性格で愛されキャラとして認識されている。僕からしたら富士原さんも大先輩の芸人と同じ、画面の向こうの人なのだ。

「なんでマイク拭いてんの？」

僕はドギマギしながらも、野球部時代の経験を話した。

「今どきおるんやなあ、こんな真面目な子」というのが、富士原さんの感想だった。嘘でもいいから、もっと面白い理由を話せば良かった。

「すみません、面白い理由じゃなくて」

「なんで？　めっちゃおもろいやん」

「え？」

「理由なんかなんでもええよ。毎日、出番のあと残ってマイクを拭いてるちゅうのがおもろいわ」

「ありがとうございます。毎日ではないのですが」

「毎日にしたらええよ」

「え？」

「舞台がない日にマイク拭きに来てるってのも、おもろいやん」

確かに、と思ったが、さすがにそれはめんどくさい。バイトもあるし。

「そういや、もう心を開いてもらったか？」

「心、ですか？」

「そうや。このマイク、おもろいやろ？」

たぶんマイクが生きていることを言っているんだろう。富士原さんは心が動くとき、どの感情も「おもろい」と表現するようだ。

「はい。実は、昨日、会話することができました」

「ほほ。さすがやな」

「富士原さんも知ってたんですか？」

「当たり前やがな、ワシ社長やで」

理由になっていないけど、なっている。

「七、八年ぶりですかねえ。彼が心を開いた芸人は」

旗本さんが口を挟む。僕以外にもマイクと話した人がいるんだ。

「北川以来か」

一年前にＭ－１で優勝し、テレビに引っ張りだこの先輩の名前だ。やっぱり物をきれいに使う人は報われるんだ。

「そうや、斎賀。あんまりマイクのこと、人に言うたらあかんで。知らん芸人もいっぱいおるし、マスコミも騒ぎよるから」

「は、はい」

「ほな、頑張りや」

僕は、そう言って帰ろうとする富士原さんを呼び止めた。そしてマイクが生きている理由を尋ねると、「そのうちな」と答え、旗本さんと共に去っていった。

「バイバイ」

「あばよ～」

「ほなな」

「私も連れてって！」

まい君は富士原さんの後ろ姿にそう叫び、富士原さんは片手をあげて返事をした。まい君が質問をされることなく、自ら言葉を発したのを初めて目にした。

わ、私も連れてって……？

あれから毎日、まい君を磨いている。出番がある日はもちろん、ない日も忘れ物をしただの、衣装を取りに来ただの、何かと理由をつけて劇場に来ている。

まい君は少しずつ心を開いてくれ、なんとなく距離が近くなったような気がする。その証拠に喋りかけてくれることも多くなった。

拭いていると「右」だの「もうちょっと下」だの指図してくるし、誰かの温泉に入る漫才から覚えたのか「気持ちええわ〜、やっぱり日本人はこれやな」などと、銀ピカの機械に似合わない言葉も発する。時には「いやん、エッチ」と女性の声を使い、僕を焦らせてケタケタ笑っている。

また自分のボキャブラリーにないことを僕に伝えたいときには、「好きな食べものベスト3を発表します」「俺にもやらせてほしい」などと、覚えたセリフの断片を繋いで訴えてくる。僕はそこから「食べもの?」「ほしい?」とキーワードを抜き取り、まい君の真意を探っている。ちなみに「食べものほしい」とは、コンセントに繋いでくれという意味だ。

一ヶ月が経ったころ、ふと、気がついたことがある。それは、まい君が何度も何度も同じセリフを繰り返していることだった。

決まって僕が清掃を終えて去って行くとき、「私も連れてって!」と言われる。富士原さんに投げかけたのと同じセリフだ。

初めて聞いたときは違和感があったけれど、それからは別れの言葉と勘違いしているのかと放っておいた。だが毎回繰り返されるうち、何かを訴えかけているのではないかと思うようになり、尋ねてみることにした。

「どこか行きたいところがあるのか？」

「ある」

「どこに行きたいんだ？」

そう尋ねると、まい君は少し黙り、呟いた。

「大きな家に住みたいねん」

「大きな家に住みたいねん」

「サッカー選手ってかっこいいですよね」

「かっ飛ばせー、松井」

家、サッカー選手、野球の掛け声……。キーワードを拾ってもさっぱりわからない。スポーツ選手の自宅に行きたいわけじゃないだろうし……。

「大きな家に住みたいねん」

「大きな家に住みたいねん」

「サッカー選手ってかっこいいですよね」

「かっ飛ばせー、松井」

頭が混乱する。何を伝えたいんだ。

「ごめん、まい君わからないよ」

「なんでやねん！」

「ババア！」

「なんでやねん！」

読み取れない僕に、まい君が怒号を飛ばす。

「ババア！」

「誰がババアだよ。どっちかつったらジジイだろ。いやまだお兄さんだわ」

考えているのに、次々と喋りかけてくるまい君に腹が立った。言い返すと、悲しそうな声で「やめさせてもらうわ」と聞こえた。

それと同時に閃いた。難波だ。

「難波に行きたいのか？」

「はい」

簡単な頭文字の作文だった。大きな家、サッカー選手、かっ飛ばせも解読したら「大阪」になった。

「ってことは、な《N》んばグ《G》ランド花《K》月か？」

「はい」

「何があるんだ？」

「ほなお前、先輩にちゃんと挨拶できるか？」

「卒業式のあとに告白する練習させてくれ」

先輩、卒業、告白、練習……。

「先輩が卒業するのか？」

「はい」

「それって、マイクの先輩か？」

「当たり前やろ」

「いつ？」

「明日」


まさかサンパチマイクを抱えて、新幹線に乗る日がくるとは思わなかった。段ボールの上で漫才をするイベントや花火大会など、劣悪な環境での営業はたくさんあるが、そんな場所でもマイクをもって来いだなんて言われたことはない。

最終便で新大阪に到着すると、御堂筋線に乗り換えてＮＧＫを目指した。一度だけ若手のイベントで東京から呼んでもらったことはあるが、それ以来だ。ＮＧＫで漫才ができたことは、曲がりなりにも面白いと認めてもらえた気がして嬉しかった。

もちろん通常公演に出演することが僕の夢の一つだ。観光パンフレットでも大阪の代表的な観光地として紹介され、お客さんを笑顔にすることが確約されているレジェンドだけが立つのを許される大舞台。芸人になる前に見にきた通常公演では、笑いのモンスターがうじゃうじゃと現れ、笑い疲れて次の日まで顎が痛かった。

そんな憧れのNGKにこんな形で来ることになるなんて。

到着すると、もう公演は終わっていた。裏口に回ってドアに手をかけると、警備員に呼び止められた。悔しい。僕の知名度が足りないばかりに。

必死に自分の身分を説明したが、門前払い。まい君の小さい「頑張れ」が聞こえた。

「そいつは入れたってや」

しょんぼりしていると、上の方から声が聞こえた。見上げると、なんと窓から顔を出した富士原さんがいた。

「よう来たな。上がってきい」

警備員もそれを聞いて安心したのか、ドアを開けてくれた。

エレベーターを降りると富士原さんが「もう始まるで」と、劇場の入り口の方に案内してくれた。お客さんと同じ入り口から客席に入ると、そこには信じられない光景が広がっていた。見渡す限り、客席はサンパチマイクで埋まっていたのだ。

「な、なんですかこれ？」

「今日はな、師匠の引退式やねん。せやから当たり前やろ」

「師匠？」

「そうや、マイクの中にも若手、中堅、大御所、師匠てな感じで、ランクがあんねん。NGKはもちろん、師匠クラスのマイクしか立つことできへんねんで」

「し、知らなかったです」

「誰も教えてくれへんからな。だから今日は師匠の最期を見届けようと、いろいろな劇場やライブハウス、テレビ局のマイクが日本中から集まってんねん」

「マイク同士は、お互いの存在を知ってるってことですか？」

「まあ、そりゃ、同じ釜の飯を食った仲間やからな」

「な、仲間？」

「そうや。あれ、生きてるって言わんかったっけ？」

「聞きましたけど、その理由までは……」

「これや」

富士原さんはそう言って、まい君の頭を撫でた。

「マイク、ですか？」

「これな、タネやねん」

「え？」

「マイクの種子。これを土に埋めて、しばらく笑い声聞かせたら、マイクの芽が生えてくるわ。タネひとつにつき、だいたい五、六本。それを愛情もって立派なサンパチマイクになるまで育て上げてんねん。芸人育てるんと同じくらい大変なんやで」

信じられない情報ばかりで頭がパンクする。

「ど、どこにそんな畑があるんですか？」

「うちは大きな事務所やから、ファーム持っとるんや。このビルの地下四階。直接、スピーカーから劇場の笑い声を届けてんねん」

だからテナント利用している他の劇場と違って、なんばグランド花月ビルだけは会社の持ち物なのかもしれない。

富士原さんは「そろそろ始まるで」と前の席まで階段を降りていった。僕も着いていくと、どこの客席にもマイクが置かれていて眩しかった。

まい君は、近くのマイクに「お前どこのもんや」と誰かのヤンキー漫才で覚えたセリフで喧嘩を売り、「お前こそどこのもんや」と言い返されている。空いていた席にまい君を置き、富士原さんに着いて一番前まで行くと、名だたる先輩たちが床に座っていた。僕の好きな漫才師の先輩も、テレビで活躍する女芸人さんも、レジェンドの落語家さんも、みんなマイクと喋れるんだと思うとなんだか嬉しかった。

富士原さんが舞台に登ると、みんな一斉に挨拶した。

「今日は全国各地から、マイクを連れて来てくれてありがとう。NGKのマイクから、引退したいと申し出があったんや。ワシらにはわからんレベルでやけど、音質が悪くなってきたのを自覚したらしい。今日でNGKのマイクは引退するけど、みんなこの劇場での良かったことや悔しかったこと、それぞれ想いながら過ごしてほしい」

「はい」

「ほな、始めよか。旗本、舞台頼むわ」

富士原さんは舞台袖に向かってそう言って、舞台を降りて座った。すぐに緞帳《どんちょう》が上がり、出囃子が流れ始めた。

「ありがとうございました！」

「サンキュー」

「おおきに！」

「感謝やでほんま」

「師匠サイコー」

客席のマイクたちが一斉に叫ぶ。そこへ、舞台にあいた小さな穴から、師匠のマイクが迫り上がってきた。客席のライトは消され、ピンスポットが当たっている。

格好良い。

下からの登場は、NGKのマイクにだけ与えられた特権なのだ。

「ゲイニン、アリガトウ」

師匠のマイクは語り始めた。

「オキャクサン、アリガトウ」

「シャインサン、アリガトウ」

師匠にもなれば、覚えたセリフをひとつひとつ分解して、継ぎ接ぎして、自分の言葉で喋れるのかもしれない。

「スタッフサン、アリガトウ」

「マイクタチ、トオクカラキテクレテ、アリガトウ」

マイクたちのすすり泣く声が聞こえる。

「フジワラサン、サンジュウゴネンカン、ココニオイテクレテ、アリガトウ」

富士原さんを見ると、号泣していた。

「ワタシノタネデ、ゲンキナコドモタチ、ソダテテクダサイネ」

富士原さんが「ありがとう！」と叫ぶと、先輩たちも次々とお礼の言葉を口にした。

「ソレデハ、グランドフィナーレデス。ミナサン、マタネ」

師匠のマイクがそう告げると、爆音とともに舞台全体の明かりがついた。

「生きてる間がイノシシ、死んだら戒名がボタン」「欧米か！」「太郎くんが花屋さんに花を買いに行きました。さて、どうでしょう？」「ザク、ザク、おおお、ええ土」「怒るでしかし！」「うちの相方、嫁はん二人おんねん」「飛行機なんで飛ぶかわかるか？　滑走路どんどん走っていくやろ？　端まで行ったら無くなんねんで。飛ばなしゃあないやん」「婚姻届けは何カラットぐらい出産予定ですか？」「テとレしか言うてへんやろ」「今年の中日は確かに帽子が似合ってた」「万引きっていうのはな、一歩間違えれば犯罪なんだよ」「そーれかっ飛ばせ田村、打たなきゃまぶたをまつり縫い」「お前そんな字いっぱい書いたスクーター見たことあんのんか？」「ちょうど背中がいらなかった」「新しい冷蔵庫買ったら、何を冷やそかなみたいなん考えてんの？」「高二のとき天狗を見た青森は曇り」「誰のけじめピザだ」「佐賀は出れるけど入られへん」「お前ファナスティー知ってるやろ？」「埼玉住むとか夢みてえなこと言ってんじゃねえよ」「先生が作った皿がマジでツボなんです」「ことわらぬ」「この世で一番弱いのは、うずら」「ジジイとババアの魂」「大丈夫なのか、大丈夫だよ、大丈夫なんですか、大丈夫だよ」「牛の頭を十個用意してください」「今度ブクロで肉撒くし」「解体新書、これ出版しといて」「ひっつくときよりもさあ、離れるときの方が傷つくねんな」「とても五七五じゃ語れねえな」「能なん？」「痛くないように叩いてますんで」「探せ探せ指輪が逃げる」「雑学とかウンチくんにハマってんねん」「芋は焼くんじゃない、焼いたじゃない、焼かせていただいているんだ」「それ勾玉ちゃうん？」「ゼンチン、ゼンチン、ドネシア、ドネシア」「日付変更線で遊ぶな！」「泣いてる我が子を見捨てる母親どこにおる？」「プリンセス転校生！」「もし俺が謝ってこられてきてたとしたら、絶対に認められてたと思うか？」「コーンフレークはね、まだ寿命に余裕があるから食べてられんのよ」「え？　俺ワンターン会話聞き逃してる？」「時を戻そう」「人妻とメダルゲームだけはすんなよ」「墓石を荒らすならず者たち」「あれ、バナナがある」「キャラメルは、銀歯泥棒」「恐怖心のやつ、東京行ったらしいな」「肉うどん？」「美川憲一さんって気の毒ですよね？」「私はピッチャーでエース、くるよちゃんはキャッチャーでロース」「胸は踊らへんやろ。胸が踊ったらレントゲン取りにくいがな」「なんで笑ってんの？　さっきから気になってたてん」「東京人何が上品に見えるってな、やっぱり東京人、声小こい」「警察に捕まり始めている」「本名、スティーブン・スピルハンバーグと言いましてね」「もみじまんじゅう！」「殺人よりも放火よりも強盗よりも最もやってはいけないこと、それは交通費をもらいながら自転車で通うこと。バイトリーダーです」「同一人物でないことを願うわ」「七十番から八十番、橋本善太郎」「人間の体と鳥の頭のちょうど境目を見せてあげよう」「王貞治です。主にホームランを打ちます」「ないなー、ないなー、今日下駄箱ごとないねん」「抱きしめる用のハマチかなんか一本買うて冷凍庫入れとけや」「近代バーベキューの父、トーマスマッコイと一緒やないか」「ちょっと何言ってるかわからない」「あと、控えめのフック」「稲の段階で炊けてるってこと？」「ファーはファッションのファー」「赤言うたら、左やろ」「こいしさん、こいしさん、ピアノを持ってきました」「ここから入ってくんな」「緑のカバンに五百万入れて、白の紙で黄色のカバン言うて書いて、赤のカバン言いながら置いてくれたら、俺黒のカバン言いながら取りに行くわ」「もうええわ」

感無量のレクイエムだった。師匠のマイクは今まで聞いてきた漫才、支えてきた芸人の声を一気に吹き出したのだ。

僕は知らず知らずのうちに、大粒の涙を流していた。爆笑をとって嬉しかったこと、賞レースの予選で落ちて悔しかったこと、初めてもらったファンレター、反対していた両親が見にきてくれた初舞台。これまでのことが頭の中を駆け巡ると同時に、僕の選んだ道は間違いじゃないと思った。

売れている先輩も泣いていた。すごい仕事が順調そうに見える先輩も、ちゃんと喜怒哀楽を経験して、ひとつずつ積み上げてきてるんだな。自分もそうなりたいと願わずにはいられなかった。

帰りの新幹線は富士原さんと一緒だった。今回だけ特別やで、とグリーン車の隣の席に乗せてもらい、缶ビールまでおごってもらった。

ちょうど二人の間に、まい君は立っている。

「斎賀、泣いてたな」

「そりゃ泣きますよ。なんか、もう、すごかったです」

「重みがあったな。あのマイクは、昭和の最後から、平成、令和まで駆け抜けたから」

「ええ。あと、悔しかったです」

「悔しい？」

「はい。僕も一度だけあのマイクで漫才したのに、僕のセリフはなかったから」

「ははは。うちの先輩はすごいやろ」

「はい。絶対、僕もいっぱい漫才作って面白くなります！」

「おう。ただ、忘れてほしくないんが、おもろいって、ボケとかネタ以外にもあるからな」

なんだろう。今まで面白いボケを、面白い漫才を作ることだけを頑張ってきた。面白いエピソードトークやギャグはまだ少ないけれど、これから増やしていくつもりでいた。その他にもあるのか？

「なんですか？」

「笑い声にならない笑いというか。例えば映画見てもドキュメンタリー見ても、めっちゃおもろくても声に出して笑わへんやろ？」

「はい」

「でも心は感動してるし、おもろいって思ってる。じゃあ、何がおもろいんやと思う？」

「……ストーリーですか？」

「生き様や。その人が培ってきた美学や信条が表れる瞬間であったり、その人にしか出せん味に気がついたときって言うんかな。こればっかりは机の上では作られへん」

「味、ですか？」

「そうや。お客さんは、一回覚えた味はなかなか忘れへん。美味しかったもんはまた食べたくなる。お前は、その純粋さに味があんねん。マイクを磨き続けたら良いことがあると信じて、自分なりに意味を持たせられたから、ここに来れたんやで。だからマイクを磨いてることは、なんにも恥ずかしいことあらへんねん。照れずに、堂々としとったらええ」

「はい！」

「じゃあ生き様を、皆さんに知ってもらえるように、どうしたらいいと思う？」

「えっと……」

「漫才を頑張りなさい」

「はい！」

「お客さん、芸人仲間、社員、テレビの人。この四つのうち、二つ押さえたら絶対売れるから。今度、ネタ見せてや」

「はい！　ありがとうございます」

僕は深々と頭を下げた。やっぱり、マイクを拭き続けて良かった。富士原さんにネタを見てもらえる機会をいただけるなんて。

「頑張れ」

まい君が小さい声でそう言った。まい君が引退するとき、そのレクイエムに一つでも僕らの漫才が出てくるように頑張ろうと思った。

藍情

十九時五十九分になった。俺はテレビを消し、食べかけのカップラーメンをテーブルの上に置いた。

いよいよだ。いよいよ運命が決まる。

「頼むぞ」

祈りながらスマホを手に取り、Ｔｗｉｔｔｅｒアプリを起動して、見慣れたＭ－１グランプリのアカウントまで辿り着いた。結果は公式サイトでも発表されるが、Ｔｗｉｔｔｅｒアカウントの方が情報が早い。

時計は八時を指した。タイムラインはまだ更新されていない。

膝が小刻みに震えている。この緊張感は何度味わっても好きになれない。

八時一分。心臓をバクバクさせながら、タイムラインを更新した。

まだ合格者は発表されていなかった。

俺は一度、深呼吸をした。手のひらは汗でびちょびちょになり、スマホカバーの色が変わっている。

漫才日本一を決める大会、M－1グランプリ。七千組あまりいた今年の参加者は、準々決勝までに百十組に絞られていた。ここから準決勝に進めるのは二十八組、決勝に進めるのはたった九組だ。そして本番当日の午後、準決勝で敗れたメンバーで敗者復活戦を行い、視聴者投票によって最後の一組が決まり、決勝本番は十組で開催される。テレビでネタを披露することができるのは敗者復活戦からだ。

時計が八時二分を指したとき、ようやく結果が発表された。「以下の二十八組が準決勝に進出します」と書かれたツイートに添付された画像。タップして拡大すると、組数が少ないこともあり、一目で自分たちが合格したかどうか理解できた。

「いや、落ちるんかい……」

思わず声が漏れる。

はあ……。今年もここまでか。

ソファに仰向けになると、どっと力が抜けた。スマホを胸の上に置いて、まだ引っ越せそうにない七畳一間の天井を見つめる。ここは監獄だ。

今年は、下馬評は高かったと自負している。決勝に行くつもりで一年間、過ごしてきた。深夜のネタ番組にもコンスタントに出演していたし、これぞ俺たちというような、名刺になる漫才も作ることができた。同じ形の漫才でオーディションに受かることも増えたので、方向性は間違っていないのだろう。

準々決勝でもその漫才を披露し、ウケも上々、これで落とされるなら仕方ないとまで思えた。何年間も準々決勝で足止めをくらい、決勝はおろか、準決勝さえ箸にも棒にもかからなかった自分たちを、ようやく少し報うことができた。

出番が終わり楽屋に戻ると、モニターで見ていた先輩や同期から「行ったな」「おめでとう」と口々に祝福された。俺もその気になり、ようやく新しいステージに進めると胸が躍った。

さらに〝お笑いライターS〟と名乗る有名なライターのレポートをチェックすると、準々決勝の全貌が掴めた。有力コンビはほぼ全員ウケていたようだ。その中でも昨年も決勝に進出した「はにほへと」さんは、笑いの量で明らかに突き抜けていて、準決勝は当確らしい。残りの有力コンビの笑いの量はひしめきあっていて、漫才の新しさやボケの数が勝負の分かれ目になる、とのこと。俺たちもそこに含まれていた。

Sの予想する準決勝進出コンビは三十五組ほどいて、予想が当たるならば、その中で二十八組が準決勝に駒を進めることになる。俺たちには二重丸がついていて、一言コメントでは、「ここ一年の成長がすごい。正直期待していなかったけど、めちゃくちゃ笑いました」と絶賛されていた。Sには昨年まで酷評されていたのに、そこまで言ってもらえたことで自信が持てたし、準決勝への期待が確信に変わっていた。

それなのに……。

くそ。情けなくて涙も出てこない。

コンビ歴は十四年目。残すチャンスはあと一回。


スマホのバイブが震えた。画面には「お母《か》ん」と表示されている。予感はしていたが、思ったより早い。まだ八時五分だぞ？

何を言われるのか大体わかるので、電話に出るのは億劫だった。誰かと喋りたい気分でもなかった。放置していると着信は止まったけれど、その二秒後、またスマホが震え始めた。仕方なく通話ボタンを押す。

「礼青《れお》、あんた残念やったなあ」

開口一番、明るい声に傷口をえぐられた。

「あんた今年は行けると思ってたのに。厳しいなあ」

母はいつも俺が報告する前に、賞レースの結果をチェックして連絡してくる。

「ごめん、ごめん」結果が出なかったのだから謝るしかない。「いい漫才は作れとるから、来年また頑張るわ」

「何を言よん？　まだチャンスあるでえ」

「え？」

「落ちた組の中から、一組、選ばれるんちゃうん？」

「ああ」

忘れていた。というより、当てにしていなかった。

準々決勝敗退者の漫才はＹｏｕＴｕｂｅなどの動画サイトで公開され、最も視聴数の多かったコンビが一組だけ返り咲き、準決勝に進出することになっている。

「諦めたらあかんじょ。お母さん、これから毎日、百回見るけんな」

「ありがとう」

「あんたも早よ、知り合いに頼み。私も京子の家族と、ノリさんのとこと、あと近所回るけん」

京子は母の妹で、ノリさんは母の姉の旦那だ。

ありがたいけれど、再生数でいうと何十万の戦いなので、身内や知り合いに頼んだからといって勝てるほど甘い世界ではない。

「公民館にも張り紙しようか」

「そこまでせんでええわ」

俺がツッコみ終わる前に、母は「あんたツカミのところな……」と、まるで当事者かのように、漫才の詳細についてのダメ出しを始めた。毎年のことだが、大事な舞台に関しては、母は有料配信を購入して視聴している。ダメ出しは「もっと動きがあった方が良い」など、図星だと感じるものもあったので恐ろしい。

ひと段落すると、母は最近テレビで見た漫才やバラエティについての感想を捲し立てた。母はお笑いマニアなのだ。同時に俺たちの最初のファンでもあり、良き理解者でもある。

四国の山奥で育った母は、家の中での娯楽といえばテレビしかなく、小学生の頃からお笑い番組に夢中だったそうだ。中学時代の修学旅行の思い出話になると「先生に駄々をこねて、京都花月でのお笑い鑑賞をコースに捻じ込んだんよ」と武勇伝のように語る。就職を機に上阪したあと、今やなんばグランド花月の看板芸人となっている師匠の追っかけをしていたらしく、当時の衣装やギャグについても教えてくれた。

それから母は結婚し、四国に戻り、俺が生まれた。

気がついたら、食卓にはいつもお笑い番組が流れていて、家族三人で笑うのが日課になっていた。母が底抜けに明るく、ポジティブな性格なのは、長年のお笑い好きが影響しているのかもしれない。「笑いに勝る良薬なし」ということわざがあるが、それを体現したかのように、病気ひとつしたことがない。

「落とし穴に落ちたときのリアクションが、もう、おかしくておかしくて」

「えんてんかの漫才、後半のボケを全部変えてて、面白かったんよ」

「あの人、ハリウッドスターの前でもボケたんじょ。度胸あるわ〜」

そんな母のお笑い寸表をさんざん聞き流したところで、俺は電話を切ろうとした。

「そういやな！」

母は何かを言い忘れたかのように、俺の言葉を遮った。

「お父さん、刑務所に行くことになったんよ」


負け慣れなのか、なんなのか、賞レースに落ちたあと、立ち直るペースは次第に早くなっていた。人生は続いていくんだから、落ち込んでる暇はない。直感的にそう理解できていたのかもしれない。

相方の原口も同様、翌日のネタ合わせでは落ち込んでいる素振りすら見せなかった。俺たちの頭を悩ませたのは、過ぎ去った結果より未来のことだ。

これから一年、どんな漫才をやるべきか。M－1グランプリのラストイヤーに向けて、今ある漫才の形をどのように発展させるのか、はたまた全く違う形で勝負するのか。どう進むにしろ、後悔だけはしないようにしないといけない。

「さーちゃんは、なんか言ってた？」

原口が母からのダメ出しを間接的に尋ねてきた。彼は母のことをあだ名で呼ぶ。中学時代からの幼なじみなので、昔からよく家に遊びに来ていて、近所の人が母を呼ぶときのニックネームがそのまま伝染したからだ。

原口は初めて俺の実家に遊びにきたとき、リビングの『ごっつええ感じ』や『ガキの使い』など、母のＤＶＤのコレクションを見て「この人は信用できる」と感じたそうだ。単純でバカで面白い。

素直に「動きが足りない」「口だけで漫才している」「後半の展開は良いけど、もっと面白くできる」など、母に言われた通りのダメ出しを告げると、原口は「なるほどなぁ」と黙ってしまった。ネタの骨格を作っているのは原口なので、何かを感じたのだろう。しばらくしてネタ帳に何かを書き込むと、「立ちでやろか」と、喫茶店を出ていつも練習をしている神社へ向かった。


翌日は昼間に漫才の出番が二回あり、夕方からは商店街のロケに行かせてもらった。先輩がスタジオ出演している朝の情報番組のコーナーに若手枠があり、交代制で回ってくる。オンエア尺は七分程度だが、深夜のネタ番組を見ていない層に見てもらえるので、非常にありがたい。実際にロケを見てくれた視聴者が劇場に足を運んでくれたこともある。

この日はグルメロケを二軒撮ったあと、新しくオープンしたマッサージ屋に訪れた。一通り体験させてもらい、受付近くにあった足湯で休憩していると、原口がおもむろに俺の足を掴んで足湯から放り出し、腕を浸けさせせた。

「腕か足かクイーズ！」

原口がそう叫ぶと、カメラさんも寄ってきた。

「う〜でか、足か。う〜でか、足か。ぅ〜でか、足か、どっち？」

ポップなリズムを刻み、カメラさんが俺に寄ったり遠ざかったりする。

原口は隣で歌いながら、奇妙なダンスを踊っている。

三回繰り返したあと、「正解は、ぅ〜で〜」

俺はリズムに合わせて水中から腕を出し、手の甲を見せた。

俺の腕毛とすね毛の感じが似ていたのが幸いして、映像を見せてもらうと、本当にどっちかわからないクイズに仕上がっていた。原口の奇妙なダンスも面白かった。オンエアされるかどうかはわからないけれど、与えられた時間は全力で笑いを作り続けるしかない。


家に帰って湯船に浸かる。ユニットバスだけど、疲れた日は湯を溜めることにしている。思い返すと、充実した一日だった。漫才もロケも上出来だったと思う。よく笑ったし、楽しかった。けれど、心のどこかで魚の小骨のように何かが引っかかっていた。昨日、久しぶりに親父の話をしたからだろうか……。

親父とはまる九年、会っていない。会っていないし、口もきいていない。俺は親父を裏切る形で芸人を続けていて、負い目を感じているからだ。

「ちゃんと働いて、社会貢献せえ」

親父が最後に、俺に言い放った言葉だ。俺は「うっさいわ」と反発し、家を飛び出した。せっかく帰省していたのに、飛行機の時間を早めてまで東京に帰った。それっきりだ。

俺と親父は「五年で芽が出なかったら、芸人を辞める」という約束を交わしていた。それがお笑い養成所の学費を工面してもらうときの条件だった。

俺は約束を守らなかった。

当時は、五年もあれば余裕で芸人として成功すると思っていた。ゴールデン番組のMCになれるとさえも。当時、原口と一緒に作成した目標設定ノートにも「三年でM－1グランプリ優勝」「五年でゴールデン番組」「七年で二十四時間マラソン」などと書かれている。

しかし現実は……このザマだ。十四年も続けて、M－1グランプリの準々決勝止まりの芸人。それが俺たちに下された評価だ。

五年目が終わった頃なんて、M－1の三回戦に進出するのがやっとだった。テレビにも二、三回しか出たことがなかった。

しかし数回でもテレビに出られたからこそ、簡単に諦められなかった。続けていれば、何か大きなチャンスを掴めるんじゃないかと信じていた。それに俺がお笑いの世界に誘った原口に対して、俺の方から「辞める」なんて告げられるはずがなかった。

テレビに出る頻度が増えたのは、八年目の秋だった。初めてM－1グランプリの準々決勝に進出すると、飛躍的に劇場の出番が増えた。漫才の経験値が上がると、テレビのオーディションにも受かるようになり、月に一度は必ず何かしらの形で出られるようになった。おかげで少しずつ知名度が上がってきて、大阪や福岡、北海道の劇場に呼んでもらえることも多くなった。

難波の劇場に出るときは、母は誰よりも早くチケットを取り、近所の人を大勢連れて見に来る。一番前の席に座っていることすらある。しかし、その隣に親父が座っていたことは一度もなかった。

それどころか昨年、地元のショッピングモールのイベントに呼んでもらったときさえも、親父は見にこなかった。俺はその夜実家に泊まったが、親父は工房から帰ってこなかった。そこまでして、俺と鉢合わせることを避けた。もはや絶縁状態に等しい。

親父は、もともと俺が芸人になるのに反対していたのかもしれない。

五年という条件は、親父が独断で決めたものだ。親父の修業期間が五年だったからだと、のちに母に聞いた。

修業を終えた親父は、藍染めの職人として独立し、今日まで仕事を全うしている。業界では多少、有名でもあるらしい。

家族としての親父は好きではないけれど、職人としての親父は尊敬せざるを得ない。商品として売り出すものは徹底的に色合いやデザインを追求し、作品として展示するものは見る人が驚き、感動するよう、細かな模様までこだわっていた。少しでも納得がいかなかったら、何度でも新しい布で染め直し、そのまま工房で朝を迎えることもあった。その几帳面さは「てにをは」までこだわりたくなる、俺のツッコミとしての気質にも似ている。

「格好ええやろ」

親父は毎年そう言って、展示の目玉になるジャケットを俺に見せてくれた。真ん中だけあえて染めずに白いラインが残っていたり、ポケットだけ重点的に染めて藍色のグラデーションを作っていたり、独創的だった。俺が羽織ろうとすると、「もっと大きくなったら作ってやるわ」と毎回なだめられ、結局、一度も作ってくれなかった。

俺も高校を卒業するまで、藍の葉の収穫や、葉藍を発酵させ染料にまで仕上げる工程をよく手伝っていた。二代目として、親父の工房を継ぎたいと考えていた時期さえある。青は藍より出でて藍より青し。親父は、俺の名前を付けたとき、自分を超えていけという意味を込めていたのかもしれない。

しかし最終的には、高三の冬、進路を真剣に考えて芸人になることを決意した。

同時に、俺の夢は「父の染めた藍色のジャケットを着て、M－1グランプリの決勝に出ること」になった。それが一番の親孝行だと勝手に思っていた。今のところ、どちらも果たせぬまま終わりそうで、悔しくて、情けなくて……。

風呂を出ると、母からメールが届いていた。添付された画像には、受刑者に藍染めを教える親父の姿が映っていた。明日の四国新聞の文化面にも掲載されるらしい。相変わらず愛想の悪そうな顔をしていて、昔より少し白髪が増えていた。

点と点が繋がって線になり、線と線が交差してまた点ができる。何度か繰り返すと、元あった場所から遥か遠く離れた場所に新たな点が誕生する。そんな思いもよらない現象を〝奇跡〟と呼ぶのかもしれない。

その、奇跡が俺たちのもとへ転がってきた。

商店街のロケがオンエアされた数日後、「腕が足かクイズ」だけが切り取られた動画が、動画投稿サイトのＴｉｋＴｏｋでバズった。

しかも、中国で。

厳密に言うと、バズったのはクイズではなくて、ポップなリズムに乗せた原口の奇妙なダンスだった。

ＴｉｋＴｏｋでは、原口のダンスは誇張されて大きな動きになり、中国の若者が集団で踊る動画がたくさんアップロードされていた。その余波は韓国の若者にも伝わり、逆輸入という形で日本にもやって来た。ワイドショーで取り上げられ、真似してくれたアイドルもいた。

その結果、俺らのコンビ名の検索回数が爆発的に増えて、奇跡が起こった。

なんとＭ－１グランプリの準決勝に、返り咲いたのだ。信じられなかった。

母から電話があり「私のおかげじょ」と言っていたが、母のおかげではない。ワイドショーとYouTubeのアルゴリズムのおかげだ。

二年ほど前、どんな日も最低二時間はネタ合わせをすることを、コンビの決まり事にした。ネタ合わせを中心に生活リズムを作り、自分が無駄な時間だと思うことを徹底的に排除しようと試みた。原口はギャンブルをやめ、俺はその場のノリで参加を決めていた飲み会などにも参加しなくなった。漫才に向き合う時間が飛躍的に増えたことで調子が上がり、新ネタも百本以上作ることができた。

俺らは準決勝進出が決まってからは、二時間と言わず、空き時間のほとんどをネタ合わせに費やしている。

ネタ合わせというのは、実際はネタ作り、ネタの直し、ネタやコンビの方向性についての議論、ロケやスタジオ収録に向けた作戦会議など、コンビ活動のベースとなるものの全てが含まれている。

いつもの喫茶店に密着カメラが入ったのは初めてだった。俺はシャツにベスト、原口は新品のニットを着ていて、互いに何も言わずとも、いつもより小綺麗な服装でネタ合わせに臨んだ。マスターが蝶ネクタイをしている姿も久しぶりに見た。

準決勝に出るとなると、決勝に進む可能性がある。ファイナリストになれば、決勝進出までの物語をドキュメント映像としてまとめたものを放送してもらえる。

テレビっ子として育った俺は、スターの裏側を覗くような番組が大好きだった。努力している姿を見ると、素直に俺も頑張らないとと気合いが入るし、続けていれば自分もスターになれると思わせてくれるからだ。

「絶対勝って、子どもたちに夢や希望を与えよう!」

昔見たドキュメントで、サッカーの日本代表の監督が選手たちに向かって熱弁していた。当時は月並みな言葉でダサいと思ったけれど、三十歳を超えると、子どもたちに夢や希望を与えられる大人がいかにすごいかわかる。並大抵の努力ではそんな存在になれない。

思えば、俺もテレビで活躍している芸人の先輩たちに、夢や希望をたくさん与えてもらってここまで来れた。頑張れば誰かが見ていてくれるし、神様は微笑んでくれるし、きっとうまくいく。そう信じ続けた結果、棚からぼたもちならぬ、中国からＴｉｋＴｏｋで準決勝に進出できた。密着カメラが来てくれたのは、俺の中の小さな夢が叶った瞬間だった。二人とも質問に真面目に答えたり、少しボケたりしながら、最終的にはカメラがいるのも忘れて、ネタのブラッシュアップに取り組んだ。

決勝に行くんだ、絶対に。

その思いは、日が経つにつれ強くなった。芸人仲間、スタッフ、事務所の社員さん、お客さん、誰もが会うたびに「頑張れよ」と言ってくれる。喋ったことのない事務所の役員さえ、わざわざ名前を呼んでくれて、激励の言葉をかけてくれた。

事務所の社員さんはネタの調整のために、スケジュールが許す限り舞台の出番をねじ込んでくれた。十四年間の芸人人生で、こんなに疲れた一週間は記憶にない。そう断言できるほど頭を働かせ、感性を研ぎ澄ませ、客席から届く笑い声を頼りに漫才を磨いていった。

そして準決勝の二日前、ついに漫才が仕上がった。母のアドバイス通り動きをつけた。文脈に関係のない前半のボケを外すことで、ネタの後半に少し時間の余裕を作り、大きなボケを足すこともできた。これで落ちても悔いはない。ただスベッたり、実力が出し切れなかったら、悔いは残るだろう。

前日は休みにしてもらい、体力と喉の回復に努めた。母からは短く「うまくいきますように」とメールが届いた。添付された画像を開くと、近所の氏神様にお参りしてくれている姿が写っていた。ありがとう。

準決勝の会場となっているホールは、今まで出演したどの劇場よりも広かった。舞台袖から客席を覗くと千人近いお客さんが座っていて、その雰囲気に圧倒されそうになった。この全員が俺たちの漫才を見てくれるんだという喜びと、この後すぐに披露するたった四分間の漫才で人生が決まるかもしれない緊張感で居ても立ってもいられなかった。

早く終わって楽になりたい。一瞬でいいから、全てから解放されたい。気がついたら拳をギュウと握って、手のひらに爪の跡がついていた。乗り越えるしかない。自分で乗り越えるしかないんだ。俺は口の中に空気を溜めて、思い切り飲み込んだ。行くぞ。

出番が終わった。四分間は一瞬で過ぎ去った。いつもは賞レースに出ていても、漫才をやりながらいい感じだとか、ダメだなとか理解しているもう一人の自分がいる。今日、そいつは姿を現さなかった。こんなに相方の言葉に、客席の反応に集中できたのは初めてかもしれない。

俺は自分が自分でないような感覚だった。今までの漫才を振り返っても、こんなにうまく、寸分の狂いもなく漫才ができたことは記憶にない。原口の叫びと俺の叫びが、センターマイクを中心にして共鳴していた。

信じられないほどウケた。

準決勝は決勝の前夜祭的な雰囲気があり、お客さんは基本的に温かく、俺たちの出番前もその後もよく笑っていたが、その中でもウケていた方だと思う。自分で自分を褒めてあげたい。

しかし決勝に進めるのはたった九組だ。ウケただけでは選ばれない。漫才の構成や新しさ、話題性など客席のウケ以上のものが乗っかってくる。

それに決勝本番の審査員は、レジェンド芸人たちだ。準決勝の審査員に「彼らにこいつらを見せたい」と思わせないといけない。そんなプレゼン要素も含んでいるように思う。

ソワソワしながら、芸人仲間たちとご飯を食べに出かけ、会場に帰ってきた。二時間ほどの間に審査員は審査を終え、これから結果が発表される。

出場した二十八組は舞台上に呼ばれ、八組ずつ三列に並べられた。十台以上のカメラがこちらに向けられ、俺たちの表情の少しの動きも逃すまいと構えている。

そこへプロデューサーらしき、シュッとしたスーツを着た人が現れた。各事務所のマネージャー、構成作家、スタッフさんたち、会場の全ての大人たちが立ち上がり、緊張が広がる。

「それでは、早速ですが本日の準決勝の結果を発表します」

誰も微動だにしない。

「エントリーナンバー一三二八・はにほへと」

順当だ。昨年のファイナリスト、やはり強し。

「エントリーナンバー五三二二・プランクトン」

ざわめきが広がった。準決勝で飛び抜けてウケていたわけではないが、実験的な漫才が評価されたのだろう。

「エントリーナンバー九七・ワンダフルメンチカツラリアット」

俺は拍手を送った。小憎たらしいけど、笑いに真摯に取り組んでいる後輩が受かって、嬉しい気持ちが湧いてきた。

「エントリーナンバー二三〇二」

コンビ名を言い終わる前に、心臓がドキッとなり、気がついたら両手で顔を覆っていた。

通った。

決勝に行けた。行けたんだ、俺たち。

M－1に出られるぞ！

涙が溢れてくる。

原口と抱擁を交わすと、あいつの涙が頬にべっちゃりとついた。

「以上、九組の方に、十二月二十日の決勝に進出していただきます。最高の舞台を用意してお待ちしておりますので、全国の皆さんを漫才で笑わせてください」

全国の、という言葉に重みを感じる。自分たちの漫才がついに日の目を浴びるんだ！

任せてください。必ず笑わせます！　必ず！

ここまできたからには優勝したい。必ずする。ここから二週間、また追い込んで、二本目の漫才も必ず完成させてやる。

決勝進出者の記者会見にはリラックスして臨むことができた。初めての記者会見にしてはうまくいった方だと思う。

本番まで二週間、ワクワクが止まらない。

楽屋に戻って衣装を脱ぎ、スマホを見ると、さまざまな人からの電話やメールが届いていた。名前の羅列を見て、お世話になった数々の記憶が思い出される。本当に皆さんのおかげだ。感謝しても仕切れない。

そして案の定、母からもたくさんの着信が入っていた。

準決勝の広い舞台で、漫才がうまくできたのは母のアドバイスがうまく生きたからだと思う。動きが足りないと言われ、喋っているときの手の使い方や、細かいジェスチャーを一つ一つ改善した。何より、最後に付け足したボケは舞台の横幅を大きく使ったものだった。お笑いマニアの母の声がなかったら、そんな選択ができたかもわからない。

電話をかけ直すと、母はコンマ数秒で電話をとった。

しかし俺の耳に響いたのは、母の声ではなかった。

「早森礼青さんですか？　今どちらにいますか？　ご両親の乗った車が事故を起こし、予断を許さない状況です」

どこでも寝られることが特技なのに、バスの中では一睡もできなかった。病院の方から「怪我の具合によっては、緊急手術が必要です」とメールが来て、添付された同意書に電子サインをして返信した。父と母を助けてくれと祈るしかなかった。

やっと眠気が襲ってきたのは、夜行バスが大鳴門橋を渡り終え、鳴門インターから高速道路を降りた頃だった。京子おばさんから、怪我の状況、命に別状はないこと、緊急手術がうまくいったことなどの説明を受けて胸をなでおろした。

本当によかった。本当に、本当によかった。

朝六時半に駅前に着くと、タクシーを拾って病院へ急いだ。

到着すると、父と母は病棟が違うらしく、まず母の個室に案内された。ドアを開けると、カーテンの向こう、母と京子おばさんの声が聞こえた。

「私はあの漫才は、いけると思うとったんよ。おもっしょいし、二人の良さが出とるから」

「姉さん、わかったから」

会話というより、母が小さい声ながら一方的に喋っていて、京子おばさんは宥めている。もうお笑いの話をしているなんて、思ったより元気そうだ。

カーテンを開けると、母は膝から下にギプスを巻いた状態で横になっていた。

「礼青ごめんよ。あんたやったねえ、よく頑張ったねえ」

俺の顔を見るなり、母の表情はくしゃくしゃになり、全ての感情を解き放ったかのように大粒の涙をこぼした。俺の決勝進出を祝いたい気持ちと、息子に迷惑をかけて申し訳ないという気持ち、どちらもあったのだろう。

「母さん、よかった。ほんまよかった」

俺も母の元へ近づく。少し皺の増えた手を握り、久しぶりに母の体温を感じてホッとした。

「準決勝はどうやった？　まだ見れてないんよ。ごめんよ」

母はかすれた小さい声で、言葉を口にする。

「俺の話はいいから。痛いところ出てきたらすぐに先生に報告な」

母は俺に怒られたと思ったのか、しゅんとした。左腕には大きな青あざができていて、見るのも辛かった。

「これ、父さんと一緒」

母は青あざを顎で指し、小さく笑いながらつぶやいた。

「何を言うとんな」


「右折中に、反対車線を走る直進車から側面衝突されたようで」

父の病室に向かう途中、医師から事故の説明を受けた。

外食帰り、交差点での事故で、相手の信号無視が原因だったらしい。そこまでスピードを出していなかったことが、一命を取り留めた要因だそうだ。

「親父も大丈夫なんですよね？」

「ええ。お母様は骨折と打ち身、お父様は窓ガラスに頭を打ち付けたことによる脳しんとうでした。鎖骨にもヒビが入っています。それに二人とも、ひどいむち打ちになっているので、しばらく入院が必要です」

事故直後、父は意識が飛んでしまっていたので、脳挫傷を疑った救急医が俺に予断を許さない状況だと報告した。しかし救急車に乗ってすぐに意識は回復したとのこと。そののち、MRIで検査をしても脳に損傷は見つからなかったそうだ。運がよかったとしか言いようがない。

親父の個室のドアを開け、気持ちを落ち着かせる。カーテンの向こうには、ずっと絶縁状態だった親父がいる。

会って話すのは九年ぶりか……。

親父の体を心配してはいるけれど、怪我のこと以外では、どんな言葉を交わせばいいかわからない。仕事についての話はできるだけ避けたい。

カーテンの隙間から覗くと、父は目を瞑って仰向けになっていた。心臓の鼓動で掛け布団が上下しているのを見て安堵する。

カーテンの中に入り、久しぶりに父の横に立つと、すやすやと寝息が聞こえた。目尻の皺は増え、全体的に体が少し小さくなったように思えた。腕には点滴の管が刺されていて、手首から先は、いつもと同じでうっすら青い。爪の淵には濃い藍色の染料がこびりついたままで、外食する少し前まで仕事に没頭していたことが窺える。

親父の手を握ってみる。炊事で少し荒れた母の手とは違い、全体的に浮腫《むく》んだ職人の手。この分厚い手を使って、色々な人の幸せと伝統を紡いできたんだな。

「ちゃんと働いて、社会貢献せえ」

親父に、最後に会ったとき言われた言葉が蘇る。

俺は芸人としてどうすることが社会貢献なのか、ずっとわからなかった。そもそも二十代の前半なんて「社会？」「貢献？」と、ちんぷんかんぷんで、そんなことが必要なのか考えたことさえなかった。

二十代後半になり、俺は「社会貢献」と辞書で引いたことがある。社会の利益に資する行い、と書いてあった。はっきりした意味はよくわからなかったけれど、お年寄りに手を貸す、子どもに勉強を教える、ボランティアに参加するなどの非営利活動だけではなく、飲食店で働く、スマホの製造など、普通に働くだけでも社会貢献になるんだと理解できた。みんな社会貢献なんて堅苦しい言葉を意識せずに働いているが、どこかで社会と繋がり、誰かの役に立っているんだと知った。

それから数年後、大震災に直面して、劇場の出番が全てなくなった。笑っている場合ではないからだ。バラエティも自粛ムードが漂い、一斉に放送を取りやめた。俺も何か見えない圧力を感じて、全てのＳＮＳの更新をやめた。全国の芸人が活動を止めた瞬間だったかもしれない。

芸人なんて必要ないんだ。そう思わずにはいられなかった。

しかし、それから一週間くらい経つと、自粛の必要はないという声もあり、ぽつりぽつりと番組が再開され始めた。その時の視聴率は良かったという。

被災地の避難所を訪れて、炊き出しをしたり、漫才をしたりした先輩もいた。テレビでその様子が放送され、心の底から笑っている被災者の顔が映し出された。大勢が泣きながら笑っている光景は今でも覚えている。

みんな笑いたかったんだ。笑って、辛く悲惨な現実を少しでも忘れたかったんだ。

芸人の社会貢献は、笑わせること、楽しませること。その一瞬だけでも。現実を忘れられるくらい。

そのことに気がついた。けれど、テレビにも出ていないし、有名でもない俺は何もできなかった。

売れていない俺なんて、本当に必要ないんじゃないかと考えたことすらある。

「目の前のお客さんを笑かしゃええんよ」

母に相談したときに返ってきた言葉だ。

それから毎日、そのことだけに集中してきた。そうすれば、いつか親父にも心を開いてもらえると信じていた。

小さい劇場では、観にきたお客さんを笑わせることは、社会貢献というような大きな言葉では語れないかもしれない。経済活動として見ても微々たるお金しか動かしていないし、スべった日なんかは誰も幸せにできていないだろう。

それでも、手触り感は少ないながらも続けてきたからこそ、テレビにも少し出られるようになった。さらに継続することでM－1グランプリの決勝に進むことができた。

親父、俺、M－1の決勝に行けるよ。決勝で、漫才できるよ。少しは社会の役に立ってるか？

俺は親父の手をぎゅっと握りしめた。

驚いたのは、親父も少し握り返してきたことだった。俺は咄嗟に手を離し、親父から離れてカーテンを閉めた。

「れ、礼青か？」

部屋を出ようとすると、親父のしゃがれた声がした。

「うん」

「元気か？」

「うん」

久しぶりの親父の声は、俺が聞いたことある中で、最も弱々しいものだった。

しかし事故がなかったら、こうして話ができることもなかっただろう。

「頼み事してええか？」

「うん」

「倉庫の、棚にある荷物を出しといてくれ」

実家に到着すると、俺は昼間にもかかわらず、六時間も寝た。それから父と母の着替えを用意し、保険会社や警察とのやり取りなど、雑用を終わらせた。

親父の倉庫に行くと、鉄っぽい匂いがほのかに香った。親父を包んでいる藍液の香り。これを嗅ぐと、実家に帰ってきたことを実感する。

「これ全部かよ」

棚には数十個、梱包された様々な大きさの封筒や段ボールが並んでいた。全ての梱包材を藍色にしているのも、親父の昔からのこだわりだ。

事故で車がダメになったので、一気に配送するにはレンタカーを借りるしかない。そのまま病院に荷物も届けられるし、ちょうどいい。

いや。いつも使っている、取りに来てくれるような配送業者はいないのか？

確か、懇意にしている業者がいたはず。

そう思い、机の引き出しを開けた。

そこにあったのは、俺のキーホルダー、俺のシール、俺のクリアファイル、俺のボールペンなど事務所が出している俺のグッズだった。

ん？　ここは母の引き出しか？

クリアファイルの中には、「漫才三昧」「若手漫才大作戦」「漫才スタジアム」などお笑いライブのチケットが数十枚、丁寧に挟まれていた。どれも俺の出演してきたものだ。

そして劇場の前で撮影された、父と母が笑顔で映った写真も……。

はあ？

親父……。

俺のこと観てくれてたのかよ。

俺を許してくれてたのかよ。

涙が止まらなかった。涙が落ち、机の上の乾いた藍が滲んだ。

単独ライブ、観にきてるじゃねえかよ。

大ファンじゃねえかよ……。

俺を突っぱねていたのは、不器用なだけだったのかよ。

わざわざ母と席を離して、俺から見えない後ろの方の席にしてまで、観にくるんじゃねえよ。

この九年間、何だったんだよ……。

もっと歩み寄ればよかった。もっと話したかったよ。色々と感想も聞きたかったよ。何よりずっと会いたかったよ。

翌朝、漫才出番のため大阪に向かった。マネージャーに事情を説明すると、翌日からの漫才出番を全て大阪・京都に変更してもらえた。これで何かあったらすぐに四国に帰ることができるし、決勝に向けての出番も確保することができた。原口も了解してくれ、何より父と母が無事なことに安心してくれた。

マネージャーからは俺たちの出番が全て大阪に変更になったことで、メディアが何かを嗅ぎつけるかもしれないから、何も答えないでくださいと言われた。初めて自分がそういう立場になったんだと自覚した。事故が公になると両親のプライバシーにも関わるし、何より決勝の審査に響く恐れがある。同情票なんて言われたら嫌だし、悲劇を乗り越えて舞台に立つヒーローにはなりたくなかった。

俺と原口は大阪で漫才を研磨し続けた。夜は四国まで車を走らせ、父と母に少し会い、実家で眠った。漫才以外の仕事は全てキャンセルすることになってしまったが、おかげで集中することができた。

そして決勝前日の夜、俺は東京の家へ戻った。

久しぶりの監獄は、最近始まった工事現場のライトがカーテンの隙間から漏れてきていて、夜明け前のようだった。明日で全てが変わる。人生の全てを変えてやる。

意外とソワソワすることもなく、ぐっすり眠れた。地元での疲れや張り詰めていたものが一気に出たからかもしれない。

準備満タン。

あとはやるだけだ。何も怖いものはない。

玄関のチャイムが鳴ったのはその時だった。

なんだよ、決勝の朝に。

「こちら宅急便です」

そう言って渡されたのは、藍色の段ボールだった。年季が入っていて、近年のものではないことがわかる。

まさか……。

中を開けると、パックされた藍色のジャケットが出てきた。細かいストライプの、いかにも漫才師が着ていそうなものだった。

「おめでとう」

親父らしい、たった一言の手紙も入っていた。

いつの間に用意したんだ？

そう思い段ボールの送り状を確認する。

「(礼青がM－1決勝に行く)年　(当)日　午前中」

そう書かれていた送り状の消印は、九年前のものだった。

あとがき

昔からブランコは立ち漕ぎより、座り漕ぎの方が好きでした。靴が飛ばせるからです。

「ここまで飛んだら、１００ポイントな」

友人とルールを決め、地面に目印となる空き缶を立てました。

靴を半分だけ脱いで、漕ぎ始めます。

前へ。後ろへ。

前へ。後ろへ。

勢いがついたところで、渾身の力で足を振ると、靴はみるみる飛んでいきます。束の間の空中浮遊のあと、靴はボトンと地面に落ち、そこが僕の記録となります。

現実では。

本当は、靴が地面に落ちることなくそのまま飛んでいって、夕日に吸収されてほしかったです。太陽に突入して燃え尽きて、スニーカー型の黒点ができてほしかったです。

空中で巨大鳥に咥えられて、巣まで持ち帰ってほしかったです。巨大鳥の家族がもう片方、別の靴を咥えて持ってきて、同じ靴の左右が揃ってほしかったです。

上昇気流に乗って浮かび上がり、偏西風に乗ってアメリカまで行ってほしかったです。僕のナイキのエアフォースワンに、大統領が搭乗するエアフォースワンと並列飛行してほしかったです。

こんなことを一瞬でも現実のものにできるのが、漫才であり、コントだと思います。

そして文章でもそんなことができると、芸人になって十年目の頃に知りました。

僕はネタ作りで培った知識や感覚を生かして、どんどんショートショートや短編小説を書きました。うまく漫才として消化できなかったお気に入りのボケを、なんとか成仏させるため、なんとか世に出すため、書き続けました。文章がうまくなったのかはわからないけれど、形にできるようになってきました。

何より、文章を読むことと書くことの楽しさを知りました。

コロナ禍になり、若手芸人みんな、仕事がなくなりました。劇場の公演は中止を余儀なくされました。みんな自分にできることはなんなのかを考え、活動の幅を広げていきました。

僕は毎日、自作の短い小説をｎｏｔｅやＴｗｉｔｔｅｒで上げはじめました。数ヶ月経った頃、よしもとの社員さんから「本を出しませんか？」と話をいただきました。

跳び上がって喜びました。そんなチャンスをいただけるなんて。

本を出すなら、テーマが必要だと思い「芸人」に絞ることにしました。芸人による、芸人の話を、現実と空想を交えて書いてみたいと思ったからです。

それから長い執筆期間を経て、この本を世に出せたことを本当に嬉しく思います。僕を拾ってくれた吉本興業コンテンツ事業本部・出版事業部の松野さん、太田さんには感謝してもしきれません。

そしてこの本を手に取り、読んでくださった皆さま、本当に感謝しています。ありがとうございます。それこそブランコのように、これからの芸人人生も前へ、後ろへすることがあると思いますが、温かく見守ってください。

ファビアン（西木《にしき》ファビアン勇貫《ゆうかん》）

１９８５年、徳島県生まれ。日本人の母とドイツ人の父を持つ。２００９年、吉本総合芸能学院（ＮＳＣ）を卒業し、吉本興業所属の芸人となる。同期の小川とあわよくばを結成。あわよくばとして新人賞を取ったり、個人では名古屋でレギュラー番組を持ったり、『アメトーーク！』に出演するなど活躍するものの、コンビは解散。以後、執筆活動を始め、「渋谷ショートショートコンテスト」優秀賞、「第9回沖縄国際映画祭」クリエイターズ・ファクトリーで映画企画コンペティション・グランプリ、「小島書房文学賞」などを受賞。解散から2年後、あわよくばを再結成。現在は、漫才コンビ「あわよくば」としても活動している。

装丁・装画　城井文平

きょうも芸の夢をみる

二〇二三年四月六日　第一刷発行

著者　ファビアン
発行人　藤原寛
編集人　新井治
発行　ヨシモトブックス
〒一六〇-〇〇二二
東京都新宿区新宿五-一八-二一
☎〇三-三二〇九-八二九一
発売　株式会社ワニブックス
〒一五〇-八四八二
東京都渋谷区恵比寿四-四-九　えびす大黒ビル
☎〇三-五四四九-二七一一
印刷所　シナノ書籍印刷株式会社

978-4-8470-7187-4 C0095

編　集　太田青里　松野浩之
ＤＴＰ　大滝康義
校　閲　株式会社 聚珍社
マネジメント　植田恵理
営　業　黒沢伝　島津友彦（株式会社ワニブックス）